貴族と奴隷

山田悠介

幻冬舎文庫

貴族と奴隷

プロローグ

　学校が休みの日はいつもよりちょっと遅くに起きて、空が気持ちよく晴れていたら大抵は母さんと一緒にピクニックに出掛ける。

　ピクニックといっても場所はたいがい近所の公園なのだけれど僕にとってはいつも新鮮で、学校の遠足と同じくらいワクワクする。

　このところ休みの日に限って天気が悪くて出掛けられなかったけれど今日は久々に天気がよかったので、僕と母さんは十一時前に二人分のお弁当を持って家を出た。

　十四歳にもなって母親と仲よくお出掛けするのは恥ずかしいことかもしれないけれど僕はいいんだ。僕は普通の子と違ってちょっと特別だから。

　今日はここ最近で一番のピクニック日和だ、と思っていたらお昼過ぎからグングン気温が上昇して、半袖一枚でも暑いくらいで僕は身体中汗ばんでる。春を一気に飛び越えて夏がやってくるのではないかと思うくらいの日射しだ。

僕は一年の中で春が最も好きだからもう少し春のままでいてほしいと思う。

モワッとした風が吹いた瞬間、汗ばんだ頬にモサモサした物がいくつもへばりつく。僕は手で確かめずともすぐにそれがタンポポの綿毛であることを知った。

どうやら近くで遊ぶ子供がタンポポの綿毛を吹いたらしい。初めて吹いたのかキャッキャと喜んでいる。

いつものようにお弁当つけたみたいに、あるいは髭を生やしたみたいに僕は頬に綿毛をつけたままスケッチブックに絵を描く。むず痒いけれど不快感はない。綿毛をつけたまま僕が楽しそうに絵を描いているから母さんはあえて綿毛を払いにくることはない。ベンチでクスクス笑っているだけだ。

僕の特技、いや特技と呼べるほどのものか分からないから趣味としておく。

僕の趣味は絵を描くことで、僕はいつもスケッチブックと絵の具セットを持ち歩いている。

特に花の絵を描くのが好きで、今スケッチブックには桜の花を描いている。

僕みたいな人間は普通絵を趣味に持つことはない。興味すら湧かないだろう。事実僕の通う学校で絵を描く者はいない。友達は皆言葉には出さないけれど僕のことを不思議がっているに違いない。なぜ音楽じゃなくて絵なのだろう、と。

絵を描く際僕は一切筆を使わない。いや使えないといったほうが正しい。

使うのは右手の人差し指と中指の二本だけ。

使いたい色を決めたら指を筆代わりにして頭の中に浮かんでいる姿形を紙に表現するんだ。

今もそう。桜の花の形や色は知っている。

頭の中で桜の花を想像して二本の指で描いていく。

きっと綺麗な桜が描けているんじゃないかなあ。

ただ僕自身残念であり、作品としてとても寂しいのは、僕の絵には一切風景がないことだ。

風景だけはどうしても描けない。

花や人や物など、手で触れられる物は描けるけれど、風景は触ることができないから想像すらつかない。

僕にとって風景を描くということは、昨晩どんな映像の夢を見たかという質問と同じくらいに難しいことなんだ。

僕には絶対不可能だ。

なぜなら、僕の目には何も見えないのだから——。

1

僕は生まれつき目が見えない。弱視ではなく全盲だから微かな光すら感じることはない。

神様はなぜか僕に視力を与えなかった。

忘れたのかな。

それとも試練を与えたのかもしれない。

ずっと暗闇の世界が当たり前だと思っていた僕は、三歳の頃母さんから目に障害があることを知らされた。その後、その意味を理解したときは本当に悲しくて、目が見える人たちが心底羨ましいと思った。

その頃はまだ幼かったから、いつか皆と同じように目が見えるようになるかもしれないとどこかで希望を抱いていたと思う。

一生目が見えないという運命を受け入れたのはいつの頃だろう。

そのとき希望を失ったわけだけれど、だからといって人生に絶望はしなかった。

皆は僕が可哀想と言うけれど、僕自身は目が見えないという運命を悲観したことはないし、誰かを恨んだこともない。

僕はけっこうあっけらかんとしている。ああ目が見えない一生が僕の人生なんだ、と思っている程度で深刻に考えてはいない。

僕と同じ学校に通う弱視の人や全盲の人たちも基本そうだ。人生に絶望している人はいない。常に明るい気持ちを持って生きている。

確かに目が見えないのはとても不自由だし、健常者から見れば相当苦労しているように見えるだろう。

ただ僕は自分が苦労してきたとは思っていない。僕の苦労は大した苦労ではないだろう。

だってどう考えたって目の見えない僕よりも母さんのほうが苦労している。

母さんは目の見えない僕をたった一人で育ててきたのだから。

僕の父さんは僕が一歳になる直前に交通事故で死んでしまったそうだ。

女手一つで目の見えない僕を育てるのは相当大変だったろう。

普段の僕の世話や金銭面は元より、ときに心無い人間たちから嫌な思いをさせられたことだってあったろう。いや今もきっとあるはずだ。

それでも母さんは弱音を一切吐かず、不満を口にせず、この十四年間僕の目になって支えてきてくれた。

恥ずかしいから直接伝えることはないけれど、心の中では常にありがとうって思っている。母さんの子供として生まれてきて本当によかったと思っている。

僕にはいくつか願い事があるのだけれど、本当に神様がいて叶えてやると言われたら真っ先にこう告げる。

一瞬でいいから母さんの顔を見てみたいと。


僕は母さんの顔を手で触って頭の中で想像することしかできない。最近は少し皺が増えたなあと思う。当たり前だけれど母さんも年を取るんだ。

母さんの顔に手で触れるたび、僕は母さんが喜ぶことをしてあげたいと思う。思えば、絵を描くきっかけになったのはその思いからだった。

五歳になったばかりの頃だったと思う。

僕は母さんの顔の一つひとつのパーツを触りながら、ふと似顔絵をプレゼントしたいと思ったのだ。今思えば目の見えない僕が似顔絵を描こうと思ったのだから不思議だ。

それを伝えると母さんは驚いてすぐに色鉛筆やクレヨン、それに絵の具セットまで買ってきてくれた。

最初に僕は何色かも分からないクレヨンを手に取って似顔絵に挑戦してみたけれどクレヨンだとうまく表現できていないような気がして次に色鉛筆を手に取ってみた。

そのとき偶然にも肌色を手に取っていたみたいだけれど、やはり手に用具を持って絵を描くのはどうもしっくりこず、僕は母さんに絵の具の使い方を訊いたのだった。

一通り説明を受けた僕はあえて筆は使わず直接指に絵の具をつけて描いてみてはどうだろうと思い、左手で母さんの顔を確かめながら画用紙に似顔絵を描いてみたのだ。

そのときは赤一色だったようだが、似顔絵は不思議とうまく描けているような気がして、事実母さんにも上手と褒められた。それがとても嬉しかった僕は、それ以来絵にのめり込むようになった。

少しでも上達したくて僕は描写の練習はもちろん、対象物の色を忠実に再現するために絵の具の色を判別する訓練を幾度となく行った。

最初に憶えたのは白だ。まずは母さんに『これが白』と教えてもらってから白の絵の具をパレットに載せて、指先で白の感触や特性を記憶していく。僕にはそれしか方法がなかった。

もちろんただ普通に触るだけじゃなくて人差し指と親指でベタベタ伸ばしてみたり、押し潰してみたり、固まるまでこねてみたりして絵の具と遊ぶ。絵の具と友達になって、いつしか会話までしていた。

そうしているうちに、だんだんと白の質感が分かってくる。

脳と指先に白を完全にインプットしたら次の色、という具合に僕はたくさんの色を憶えていった。

完全にマスターした頃、絵のモデルになってもらった健常者の女性に、絵の具を触っただけでどの色か判断できるなんて信じられない、実は手品みたいなものでタネや仕掛けがあるのでしょう？　と訊かれたことがあるが僕は当たり前のように触っただけで分かるのですと答えた。そうとしか答えようがないんだ。

普通の人は信じられないだろうけど、事実絵の具は色鉛筆やクレヨンと違って一つひとつ手触りや質感にちょっとした違いがある。

例えば白は滑らかな手触りで粘り気が少なく優しい雰囲気を持っている。

緑はサラッとした触り心地で指になじむ感じ。

赤は粘着質で弾力があり、ちょっと野性的、といった感じかな。

僕たちみたいに視覚に障害がある人間はそのぶん触覚や聴覚や嗅覚が普通の人よりも何倍も優れていて、僕の場合はその中でも特に触覚を用いて積極的に物を認識しようとする力が発達しているらしい。

時々そんな僕を天才と呼ぶ人がいる。

でも僕は決して天才なんかじゃない。あくまで色の違いが分かるだけだ。

いくら指先だけで色の違いが分かるといってもやはり僕には絵を描く者として大きなハンデがある。

まずはリアルな色が分からないということ。

風景を描けないのと一緒でこの点についても僕はどうすることもできない。

例えば今描いている桜の花びら。

桜の花びらがピンクであると認識しているから、赤と白を混ぜてピンクで塗っているけれど、僕はピンクがどんな色なのか分からない。見たことがないから想像すらつかないんだ。

僕の通う視覚特別支援学校では点字指導や白杖《はくじょう》歩行の練習はもちろん、〝色〟の授業がある。

むろん僕たちは色を見たことがないので色彩語や感情などで色を憶える。

例えば赤は、リンゴ、血、情熱的、興奮。

青は、空、風、さわやか、冷静、知性、といったように。

僕たちは会話や普段の生活から色を学び、自分なりにイメージする。

でもあくまでイメージだ。リアルな色は絶対に分からない。

絵を描くのが大好きな僕にはそれがとても辛い。苦しい。悲しい。

たった一度でいいから世界中に存在するありとあらゆる色を見てみたい。

僕が知っているのはいつも目の前に広がっている〝黒〟だけだ。

どうやら黒はリアルな色らしい。

色を愛する僕にとってそれは喜ぶべきことだ。

でも、皮肉にも僕は黒があまり好きじゃない。

なぜなら黒には不幸やら絶望やら、暗いイメージがあるからだ。

だから僕は絵を描く際できるだけ黒は使わず明るいイメージの色を使うようにしている。

見てもらう人にも明るい気持ちになってもらいたいから。


世の中に存在するありとあらゆる色を見てみたいという思いと同じくらい、僕は自分が描いた作品を見てみたいと思う。

やはり自分が描いた作品を自分の目で見られないのはとても辛い。

気分によっては自信をなくすこともある。

僕が描けないのは本当に風景だけなのだろうか、と。

実は一番好きな花さえしっかり描けておらずデタラメなんじゃないかと。

母さんや周りの大人たちは皆上手上手と言うけれど、それはきっと目が見えないわりに、という意味が含まれているだろうから僕は自分の本当の実力が分からない。

実際僕が描いた絵はどんな絵なのだろう？

もし仮に神様が一度だけ自分の作品を見る機会を与えてくれたとして、目の前にある絵がとてつもなく下手だったらどうしよう……。

何だかんだ言って、きっと僕は落ち込むよりも先に笑ってしまうんだろうなあ。

そしてすぐにまた新しい絵を描くんだろう。

いくら下手でも絵を描くのが好きなことに変わりはないのだから。


桜の花の絵を完成させると母さんが後ろでパチパチと手を叩いてくれた。

「上手上手。よくできたねシンちゃん」

伸也《しんや》だからシンちゃん。僕はそろそろ普通に伸也と呼んで欲しいのだけれど、母さんにとって僕はいつまでもシンちゃんらしい。

僕はありがとうと言って母さんの方向に手を伸ばす。

すっと母さんが僕の手を取って、僕をベンチに座らせてくれた。

絵を描き終えた僕の身体は徐々に熱が引いていく。濡れたTシャツが冷たくなって僕はくしゃみをした。鼻水が出てしまい困っていると、母さんが僕の口元にハンカチをあてた。自分でできるよと言っても母さんは大丈夫と言って最後まで僕に任せてはくれなかった。

まるで赤ん坊だよと思った。

誰も見ていないかな。

「シンちゃん、まだもう一つおにぎり残ってるよ。食べる？」

そう言われると急にお腹が空いてきて、僕は首を縦に大きく振って母さんからおにぎりを受け取った。

ノリがシナシナになったおにぎり。

一口目でたらこにたどり着いた。

「おいしい？」

僕はモグモグしながらウンウンと頷いた。

ふと母さんが僕の額にベッタリとついた髪の毛をかき分けた。

「今日は暑いねえシンちゃん」

「まるで夏だね」

僕と母さんはぼんやりと生温い風に浸る。

母さんは今何を眺めているのだろう。

同じ景色を一緒に見たいと思うけれどそれは叶わない。

僕は青い空を見上げた。

青い空ってどんな色なんだろう。

空ってどんな眺めなんだろう。

空には白い雲がたくさん浮かんでいるんだよね。雲って綿菓子みたいな形をしているって母さんに教えてもらった。

僕は自分なりに空をイメージしてみるけれど色が分からないから感動がない。

空に触れれば少しはイメージができるのにと思う。

「そろそろ帰ろうか」

母さんが僕のほうを向いたのが分かった。

「買い物して帰ろうか」

「そうだね」

「晩ご飯何が食べたい？」

僕は迷わず、

「ハンバーグ」

と答えた。八割以上ハンバーグをリクエストするから母さんは呆れた声で「またあ？」と言った。

「いいのいいの」

僕はベンチに立てかけてある白杖を手に取り立ち上がる。今は隣に母さんがいるからいいけれど、一人のときは杖がないと目的地までたどり着けない。仮に突然手から離れたら急に不安になって動けなくなってしまうと思う。

白杖は僕の相棒。目の見える人からすると大袈裟かもしれないけれど、本当なんだ。

僕と母さんは寄り添うようにして歩き出す。

母さんが僕の左腕をしっかりと握ってくれているから僕はとても安心する。

公園を出たのかな。

柔らかい地面からアスファルトに変わった矢先だった。

遠くのほうから「伸也、伸也」と聞こえてくる。

どうやら僕の背後、六時の方向からのようだ。

僕は母さんの袖を摑んだまま振り返った。

姿は見えずとも、声で誰なのか分かる。

直人《なおと》だ。


僕は白杖を股に挟んで「おーいおーい」と直人に手を振った。

直人が走ってくるのが分かる。けっこう離れたところにいたはずなのにあっという間に僕の目の前にやってきた。

自由に走れるっていいなと思う。

「よお伸也、久しぶりだな」

少しハスキーな高い声。声変わりする前はもっと高くて可愛かった。

「おばさん、ちわっす」

母さんはウフフと笑って「こんにちは山崎《やまざき》くん」と言った。

母さんが笑ったのは、声は少し大人になったけれど喋り口調は相変わらずね、と思ったからに違いない。僕も同じことを思った。同い年だけれど僕のほうがずっと大人だなって。

直人とは一ヶ月ぶりくらいか。近くに住んでいるとはいえ学校が違うからなかなか会えないのだ。

僕はやあと手を挙げ「久しぶり」と言った。

「散歩か？」

「さっきまで公園で絵を描いていたんだ」

「へえ、今日はどんな絵だ？」

「桜の花」

「へえ、うまく描けたか？」

「どうかな」

僕はすかさず、

「あれ、そういえば直人部活は？」

と問うた。

直人はサッカー部に所属していてチームのエースだ。むろん僕は直人のプレイを見たことはないけれど観戦しに行ったことは何度もある。

いつもゴールを決めると真っ先に僕のところにやってきてくれるんだ。

「春休み中は部活も休み？」

「いや」

真顔で首を振ったのが分かった。

「最近毎日部活だったから今日はじいちゃんの法事だって嘘ついて休んだ」

僕は直人がついた嘘にびっくりした。直人のおじいちゃんはまだ生きているはずだ。

「そんな嘘ついて平気なのお？　ていうより勝手におじいちゃん殺しちゃダメだよ」

直人は悪びれた様子もなく、

「いいのいいの。じいちゃんは北海道に住んでるからバレやしないって」

静岡に住んでいる相手には確かにバレることはないだろうけれど……。

「そういう問題じゃないような気がするけど」

直人はガハハと笑い、

「じいちゃんが死んだのはこれで二回目」

直人の冗談に母さんが「あらあら」と呆れた。

「サボってたら追い抜かれちゃうよ？」

「平気平気、一日休んだってどうってことねえよ」

せっかく心配してあげているのに、と僕は思う。直人はいつもこんな調子だ。僕がいくら心配しても説教しても聞きやしない。

彼のお母さんは相当手を焼いているだろうなと思う。

「それより伸也、これから暇か？」

「まあ、暇と言えば暇だけど」

「これから街のショッピングモールに行って洋服を買おうと思うんだけど一緒に行くか？」

直人が言う街とは静岡駅周辺を指している。僕たちの住む町は田舎だからお洒落な洋服を買おうと思ったら駅前に出るしかないのだ。むろん僕は洋服なんて何だっていいから、いつも母さんが選んだ物を着ているのだけれど。

僕は迷わず行くと言った。母さんにいいよねと訊くと「行ってらっしゃい」と言ってくれた。

僕たちの住む町から静岡駅まで電車で約三十分。最寄りの駅に行くのにだってここからだと十五分はかかる。

目の見えない僕にとっては大冒険だけれど、母親にしてみれば心配でたまらないと思う。それでも母さんが了承してくれたのは直人が僕の介助や扱いに慣れていると知っているからだ。

「シンちゃん、これ電車賃とお小遣い」

母さんは僕に三千円を渡してくれた。日本の紙幣は大きさが違うから触ればすぐに分かる。

「じゃあ直人くんお願いね」

母さんの声に不安はない。直人を心底信じている。

「大丈夫っす。帰りもちゃんと家まで送りますから」

「ありがとうね」

僕は母さんのほうを向いて左手を挙げた。

「じゃあね」と言うと、「うん」と母さんの優しい声が返ってきた。

「行くべ伸也」

直人が僕の左腕を軽く摑んで言った。

僕は直人に身を委ね、

「出発進行」

と叫んだ。

「俺はバスの運転手じゃねえぜ」

直人はそう言いながらゆっくりと歩き出す。同時に僕も最初の一歩を踏み出した。

僕と直人は息がぴったりだ。

僕は母さんと歩いているときと同様に安心して歩いていられる。


直人と友達になったのは僕が五歳になったばかりの頃、まだ絵を描き始めたばかりの頃だった。

母さんと公園の砂場で一緒にお山を作っているときだった。

僕が直人の気配に気づいて「こんにちは」と挨拶したのだけれど直人は何も答えな

い。いったいどうしたのかなと不思議に思っていると、無言のままお山作りに参加してきたのだ。彼らしいと言えば彼らしい。

僕は嬉しい感情よりも先に意外な思いを抱いた。

当時から僕が全盲であることは近所では知られていて、気を遣ってか、それとも差別か、僕と母さんに近づく者はほとんどいなかったから。

聞けば直人は最初、僕が〝全盲の子〟だとは知らなかったらしいけど、僕が〝全盲の子〟だと知っても態度は変わらず友達のままでいてくれた。

やんちゃで口が悪いから誤解されやすいけれど、本当は正義感が強くて面倒見がよくて、とても優しい奴なんだ。

彼は僕とただ遊ぶだけじゃなく、目が見えないとはどういうことか、目に障害のある人とどう付き合えばいいかを、僕の知らないところで母さんに訊いてくれていたそうだ。

一生懸命僕のことを知ろうとしてくれているのを知ったとき僕は泣いた。初めて親友ができたと思えた瞬間だった。

彼と一番よく遊んだのは五歳から六歳になるまでの一年間。

僕からは何だか誘いづらくて、それを知ってかいつも直人のほうから誘ってくれた。遊ぶ約束がない日も、ふと直人がやってきてくれないかなあと思うと本当にやってきてくれたっけ。

僕のテレパシーを感じ取るエスパーみたいに。

小学校に上がると同時に直人はサッカーを始めたからだんだん会う回数が減っていったけれど、それでも時間を作って会いにきてくれて、僕の絵を褒めてくれたり、サッカーの話をしてくれたりした。

僕は自分の絵を褒められるよりも、直人がサッカーの話をするほうが嬉しい。

直人にはもっともっと上手くなってもらって、試合で活躍して、将来はプロのサッカー選手になってほしい。

でもここ最近の直人の話を聞いているとどうやらサッカー選手になるつもりはないらしい。

それよりも彼が今よく話題に出すのはある女の子のこと。

それは僕もよく知っている女の子。

九年前、直人と初めて砂遊びをした日、実はもう一人お山作りに参加してきた女の子がいた。

男の子二人に交じってせっせと山を作っていき、やっと完成したと思ったら、もっとお姫様が住めるような形にしたいとワガママを言って、せっかく作ったお山をグチャグチャに壊してしまったんだっけ。

その女の子こそが今直人が恋心を抱いている人。

藤木《ふじき》ともえ。僕は彼女と直接話すときは藤木さんと呼ぶけれど、心の中ではともえさんと呼んでいる。一方彼女は僕のことを『クロちゃん』と呼ぶ。黒澤《くろさわ》だからクロちゃんだ。

彼女は僕の家の二軒隣に住んでいて、年は僕たちと同い年。直人と同じ中学校に通っていて、バスケ部に所属しているそうだ。

直人が彼女に恋心を抱くようになったのは意外と最近だ。幼い頃からの仲だからずっとただの女友達としか見ていなかったようだけれど、たまたま一緒に下校したとき偶然彼女の手に触れて、それ以来彼女を意識するようになったそうだ。

彼らしいと言えば彼らしいし、らしくないと言えばらしくないのだけれど、僕はその話を聞いたとき、何だかいいなあと思った。直人のことが色々な意味で羨ましかった。

直人曰く、彼女のほうは直人を友達としか見ていないらしくて、幼い頃からの仲だから直人は彼女に想いを伝えにくいようだ。

いつも強気な直人だけれど、彼女の話題になると人が変わったみたいに弱気になる。

直人の最近の一番の悩みは、直人よりもともえさんのほうが若干背が高いことらしい。

今一番の願いは、春休み明けのクラス替えで同じクラスになること、だそうだ。

彼女の話を一通りしたあと、決まって直人は僕に、どうやって想いを伝えたらいいか一緒に作戦を考えてくれと言う。人に好きだと言ったことのないこの僕に、だ。

さらには、僕のほうから彼女にそれとなく気持ちを訊いてほしいとまで言ってくる。近所だから訊こうと思えばすぐ訊けるだろうと軽い調子で言ってくるのだ。

そう頼まれるたびに僕は困惑する。

確かに二軒隣に住んでいて幼い頃から知ってはいるけれど、特別親しいわけではない。

よく遊んでいたのは幼い頃のたった一年間だけだし、遊ぶときはいつも三人だった。二人で遊んだことは一度もない。

ただ二人で帰ったことはある。彼女に手を引いてもらって。

それが彼女との一番の思い出。

いつも僕は全身ガチガチで何も喋ることができなかったけれど、心の中では明日も明後日も一緒に帰れたらいいなあと思ってた。

でもその想いとは裏腹に楽しい時間はそう長くは続いてくれなくて、小学校に上がった頃からぱったりと遊ばなくなってしまった。

家が二軒隣だから朝家を出る際たまに会うけれど、ほとんどは挨拶で終わってしまう。呼び止めれば話すことはできるけれど……。

もっとも話す機会を作ったとして、僕のほうから訊けるはずがない。

二人が恋人同士になるべきだと知ってはいるけれど。

歩きながら彼女の姿を想像する僕は無意識のうちに、

「藤木さんは今日部活かな？」

直人に訊いていた。

「たぶんな」

僕は彼女を思い浮かべたまま「そっか」とつぶやいた。

直人は一拍置いて、

「てか急にどうしたんだよ」

僕を不思議がる様子で訊いてきた。

僕は自分のほうから彼女の話題に触れていることに気づきひどく慌てた。

「あ、いや、僕じゃなくて藤木さんを誘えばいいのにと思って」

直人は僕に冷やかされたと思ったらしく、

「バカ！　そんなの無理に決まってるだろ。無理無理」

僕の耳元で叫んだ。

左耳がキンとなって、僕は耳元で大声出さないでよ、と言ったのだけれど、直人に僕の声は届いていないらしかった。

「どうしたの？」

真剣な声の調子で尋ねると直人は立ち止まり、

「いや、九時の方角で子供同士がオモチャの奪い合いしてるんだ」

「喧嘩？」

「いや喧嘩ってより、一人がもう一人をイジメてるように見えるぜ」

それを聞いた瞬間僕は暗い気持ちになると同時に、ある嫌な出来事を思い出してしまった。

直人も真っ先に僕の話を思い出したらしく、僕の右肩に優しく手を置いて、

「そういえばここ最近は大丈夫か？」

僕は頷き、

「春休みに入ってからは」

と言った。

直人は舌打ちして、

「マジでゲス野郎だよなそいつ。正体がバレないからってよ。卑怯すぎるぜ。早く死

んでくれねえかな」

恨みと憎しみのこもった声で言った。

僕は直人とは違って怒りとか憎しみを覚えるというより、ただただ悲しい。

まだ母さんには話していないのだけれど、三ヶ月くらい前から僕は嫌がらせを受けている。

登校時や下校時、一人で歩いていると背後から忍び寄ってきて、いきなり僕の白杖を蹴ってきたり、引っ張ったりしてくる奴がいるのだ。

同一人物だと思うのだけれど、僕には犯人の正体が分からない。すぐ目の前にいるというのに。

やめてくださいと言ってもやめてはくれず、僕が嫌がっているのをクスクス笑って楽しんでいる。けれど決して言葉は発しない。

大声で叫ぶと逃げていくのだけれど、一週間くらい経つとまた現れる。

これまで僕は僕の知らないところで差別的なことを言われてはいただろうけど、直接的な嫌がらせを受けたことはなかった。

笑い声からしてきっと少年だと思う。

ただ弱い者イジメがしたいだけなのだろうか。

それとも僕に何か恨みでもあるのだろうか。

僕のことが嫌いなら嫌いでもいい。

気に入らないことがあるのなら謝るから、どうかそっとしておいてほしい。


耳を澄ますとイジメている子の乱暴な声が聞こえてくる。「俺の命令を聞け！」「早く渡せ！」と。

やがてイジメられている子の泣き声が聞こえてきた。

泣きながら、「返して返して」と叫んでいる。

僕は胸が締め付けられる思いだった。

直人の袖を引っ張り、止めにいってあげてと頼んだ。直人は僕に「ここで待ってろ」と言って子供たちの下に向かった。

道路に一人立ち尽くす僕は二人が仲直りできるよう心の中で願う。

しばらくして直人が僕の下に走って戻ってくるのを気配で感じた。「バスが来てるぞ伸也」という直人の声がして、僕は白杖を前に出して地面を確認しながら道路脇に避けて、バスが通り過ぎるのを待っていた。

やがて直人が隣に戻ってきて、僕を安心させるように僕の左腕をしっかりと摑んでくれた。

僕は子供たちがどうなったのか気になって直人に訊いたのだけれど、直人はそれどころじゃないといった様子でこう言った。

「なんだあの〝メイサイバス〟は」と。

バスのエンジン音で聞き取りづらかったけれど直人は確かにそう言ったと思う。

〝メイサイ〟って何だろう、と考えていると、すぐ横でバスが停車したのが分かって、扉が開き、バタバタと人が降りてきて僕たちの下に近づいてきた。なのに無言だから不気味だった。

直人が後ずさりながら「何だよ！」と叫ぶ。ひどく狼狽しているのが分かった。

僕も何だか怖くなって後ずさったのだけれどいきなり直人と引き離されて、身体を担がれた。体つきですぐに男だと分かった。

どうやらバスの中に運ばれるらしい。

僕を担ぐ体格のいい男の口元から、シュコー、シュコー、と妙な音が聞こえてくる。生まれて初めて聞く音だった。

どうやら直人も担がれているらしく「下ろせ下ろせ」と叫んでいる。

やがて車内で下ろされ、僕は首を左右に振りながら近くにいるであろう男に「何をするつもりですか？」と震えながら問うた。

男は何も答えない。やはりシュコー、シュコーと聞こえてくるだけだ。

直人いるの？　と手を伸ばした矢先、

「藤木！」

直人が僕の後ろで叫んだ。

藤木って、まさかともえさん？

「二ノ宮《にのみや》に、佐伯《さえき》に……所《ところ》まで」

「どういうこと直人？」

「皆……気を」

だんだん直人が脱力していくのが分かる。

僕も空気を吸っているだけなのにフラフラしてきた。

恐ろしいほどの睡魔が襲ってきて、眠ったらいけないと自分に強く言い聞かせるのだけれど、両足首を摑まれて引きずり込まれたかのように膝が崩れ落ちて、僕は別の闇に吸い込まれていった。


きっと頰を叩かれていたのだと思う。

目が覚めると目の前にいる人物は無言で離れていき、すぐ近くで「起きろ起きろ」と誰かに声をかけている。

別の場所でも同様に、「起きろ」という大人たちの声が聞こえてくる。もうあの奇妙なシュコー、シュコー、という音は聞こえてこない。

次第に辺りがざわめき始めた。

ほとんどが男子の声だが、女子の声もする。

僕はぼんやりとした意識の中、いったい何人が拉致《らち》されたのだろうと思う。

僕はハッと直人とともえさんの存在を思い出し、「直人、藤木さん」と怖々と二人の名前を呼んだ。

どちらからも返事はない。もっとも僕の声が小さいから聞こえていないのだろう。

立ち上がろうとした瞬間僕はある異変に気がついた。

右足が妙に重い。足首に違和感を覚え、恐る恐る左手を伸ばした。

いつの間にか右の足首には鉄の輪っかが取り付けられていて、その輪っかには太い鎖がついている。

怖々と先をたどっていくと、指先にヒンヤリとした固い何かを感じた。

僕はすぐにそれが鉄球だと知った。

何キロぐらいあるだろう。五キロくらいあるかもしれない。外したいけれど外れるわけがなかった。

右足が不自由なまま僕は白杖を支えにして立ち上がった。

そこで初めて僕は自分が白杖をしっかりと握っていることを知った。

意識を失っている間も、白杖だけは放してはならないという本能が働いていたらしい。

僕はふらつきながらもう一度、「直人、藤木さん」と声を発した。

返事はない。ここにはいないのかもしれないと思った。

それでも僕は歩き出す。その矢先コツンと人に白杖が当たってしまい、僕は「ごめんなさい」と謝った。

相手は黙ったままで、何となく僕を睨んでいる気配があった。

困惑していると少し離れたところから「伸也」と声がした。

直人だ。

僕は重い右足を軸にして振り返り、声がしたほうに手を振る。迷惑をかけてしまった相手にはもう一度謝るつもりだったのだけれど、相手が立ち上がった気配を感じ、振り返ったときにはもう去っていた。

直人が鉄球をゴロゴロと引きずりながらやってくるのが分かる。

どうやらその後ろにもう一人いるのが足音で分かった。

「クロちゃん」

ともえさんの声だ。

彼女は息を切らしながらもう一度、「クロちゃん」と僕を呼んだ。

どうやら彼女の足にも鉄球が取り付けられているらしい。

僕は自分たちが置かれた状況がとても不安だけれどひとまず安堵した。

「大丈夫か伸也」

僕は思わず直人の手を握っていた。

「大丈夫」

少し遅れてともえさんが僕の前にやってきた。ほんのかすかに石鹸の香りがする。

それだけでも心が少し和らいだ。

性格は男っぽいけれどいつも優しい香りなんだよな。

「どうしてクロちゃんまで」

怒りと悲しみが入り交じった声。

「僕はいいんだ。それよりとも、いや藤木さんは大丈夫？」

「私は全然大丈夫」

不安を感じさせない力のこもった声だった。

「それよりよ」

直人が声を荒らげて言った。

「この足枷《あしかせ》いったいなんだよ。歩きづらいったらありゃしねえ。てか何だよこの状況。あいつら俺たちをどうするつもりだよ」

僕は空を見上げ、

「今、夜だよね？」

二人に尋ねた。ああ、と直人が答えた。

「何時かな？」

「正確な時間は分からねえけど、きっと夜中じゃねえかな」

夜中だとするとあれから少なくとも十時間以上が経っている計算になる。

「僕たちは今どこにいるんだろう？」

「さっぱり分からねえ。キャンプ地というか、別荘地というか、とにかく自然に囲まれていてよ、いたるところに照明があって、九時の方角には古い屋敷がボンボンボンボンと五戸並んでいてよ、逆に三時の方角には猛獣を閉じ込めるようなドデカイ檻がこれまた五つ置いてあって、檻の中には仕切りのないトイレと水道があってよ。真後ろ、六時の方角には桃色の花や緑の葉っぱが遠くの先までブワーッと生い茂っていてよ……辺り全体奇妙な感じだぜ」

「屋敷に、檻に……桃色の花……」

僕は自分なりに景色を想像してみる。

屋敷と檻は頭に浮かぶけれど、桃色の花だけでは分からない。

桃色の花といったら、桜と桃と梅の三つが最初に思い浮かぶ。

いくら直人でも桜くらいは分かるだろうから、

「桃の花？　それとも梅の花？」

「どっちも違うと思う」

直人ではなくともえさんが答えた。

違うとしたら何だろう。春に咲く桃色の花……。

やはり桜と桃と梅のイメージが強すぎて、それ以外なかなか思い浮かばなかった。

「一番やべえのは俺たちを拉致した奴らだ。軍隊みたいな恰好をしたのが二十人近くいて、皆銃を持ってやがる。マシンガンみたいなやつだ」

僕はこのとき、玩具じゃなくて本物なんだろうなと妙に冷静だった。

「ところで、僕たちみたいにここに連れてこられたのは何人なの？　けっこういるような感じなんだけれど」

「ざっと数えて三十人はいる。全員年は同じくらいで、ほとんどが男だ。女子は藤木を含めてたった五人。知ってる奴もいれば、知らない奴もいる」

僕は直人の袖を強く引っ張り、

「警察に連絡したほうがいいんじゃないの?」

男たちに聞こえないように提案した。

「そうしたいけどできねえ。携帯がなくなってる」

「私も」

僕は落胆し、

「僕たち人質になったってことだよね」

「たぶんそうだな。よく分からねえことばかりだ。俺たちが着させられてる服だって謎だぜ」

「服?」

「ほとんどの奴が真っ黒い服を着させられてるんだけど、なぜか五人だけ金色の服なんだ」

「真っ黒い服?　金色の服?」

直人に言われて初めて気づいたのだけれど、もともと着ていた洋服の上に、膝くらいまである長い衣服を着させられている。

「僕はどっち？」

衣服をペタペタ触りながら二人に尋ねた。

意味が分からないのに妙にドキドキした。

「金色の服を着ている奴には足枷がねえ」

直人が遠回しに言った。

「つまり、黒だね」

「俺たち三人は黒だ」

黒にあまりいいイメージを持っていない僕はそれだけで悪い予感を抱いた。

「金色の服を着てるのは全員男だ。二ノ宮に佐伯に所、あとの二人は知らねえ顔だな、別の中学だろうな。

二ノ宮は一年の頃からイジメられていて、佐伯は女みたいなもやしっ子。所は真面目な学級委員。俺は三人とはクラスが違うから全然関係ねえけどな。よく見れば、残りの二人も三人と一緒で何か陰気くせえなあ。オタクか引きこもりのどっちかだな」

「ちょっと直人」

僕は隣にいる彼女の鋭い声に肩が弾んだ。

直人は僕以上にビクリとなったに違いない。

「な、なんだよ」

「そういう言い方よしなよ。見た目で判断するのよくないよ」

「だってさあ……」

「だって何？」

「だって、本当にそんな感じなんだもん」

恋心を抱く相手にはすっかり弱腰になる直人はそう言ったあとすぐに僕の耳元で、

「なんでひ弱そうな奴だけ金の服なんだろうな」

と囁いた。

「今なんて言ったの？」

ともえさんが訊くと、直人はサッと僕から離れ、

「違う違う藤木のことじゃないって」

「絶対今私の悪口言ったよね？」

「だから違うって」

僕は思わず溜息を吐《つ》いた。この二人は本当に自分たちが置かれた状況を理解しているのだろうか。

僕はふと周囲の変化に気づいた。

皆が僕たちに注目しているような気がする。

二人を止めようとした瞬間、パンパンと手を叩く音がして、

「そこ静かに」

ある男が言った。

まるで教師がうるさい生徒たちを注意するかのような言い方だった。

二人が黙ると辺りはシンと静まり返った。

緊迫した空気が流れる中、男が唐突に皆に告げた。

「これから君たちにはあるシミュレーションを行ってもらう」

「シミュレーション？」

僕たちの近くにいる少年が聞き返すと、男はこう言ったのだ。

「『貴族と奴隷』だ」

貴族と奴隷という言葉だけで僕は一抹の恐ろしさを抱いた。

皆がざわつき出すと男は再び手を叩いて静かにするよう命令した。

「君たちは今から貴族役と奴隷役になり、その役になりきって生活してもらう。役の振り分けは見て分かるとおりすでに決まっている。金の衣服を着ている者が貴族。黒の衣服を着て足枷がついている者が奴隷だ」

淡々と喋る男は唐突に、

「今からグループ分けをする」

と告げた。

男はまず五人の貴族役に、前に出て横一列に並ぶよう指示した。

五人は素直に指示に従ったようだ。

男は貴族役の五人に、左端の君がA班、順番にB、C、D、Eだ、と告げた。

次に男は奴隷役である僕たちの下にやってきて、君はA班、君もA班と適当な感じで班を決めていく。

ザワザワする中、男の声と足音が近づいてくる。僕はそれだけで心臓がバクバクした。

僕はこんなの理不尽だと思いながらも、直人とともえさんの二人と一緒の班にしてほしいと願った。

男は僕たち三人の前にやってくると、僕とともえさんにはD班と告げ、直人にはE班と告げた。そして〝主人〟の前に縦一列に並ぶよう命令した。

直人は舌打ちしながらも「行こうぜ」と言って僕の左手を握った。

僕たちは重い右足を引きずりながら貴族役の下に向かう。

僕と彼女はD班の貴族役の前に立ち、直人はE班の貴族役の前に並んだ。

「僕たちの先頭にいるのは二人と同じ中学の人？」

前にいる彼女に尋ねた。

「違う。知らない人。直人のほうもそうね。

班は貴族役一人に対して奴隷役が五人。女子は各班に一人ずつ。

ちなみに直人がさっき話した貴族役の二ノ宮くんはA班、佐伯くんはB班、所くんはC班よ」

僕は自分なりに場景を思い浮かべ、丁寧に説明してくれた彼女に「ありがとう」と言った。

僕の隣に立つ直人が再び舌打ちし、

「何が何だか分からねえよ。何のためにこんなことするんだよ」

と不満を漏らした。

直人は大人たちに聞こえないよう言ったつもりだろうが、そのとき僕たちの背後にいた男の耳には届いたらしい。

「同じ年の、同じ立場である君たちを貴族と奴隷に分けたらどのような生活をするのか、どのような行動を取るのか、それを観察するためだ」

男は僕たちに一切の間を与えず、

「いいか？　君たちが何と言おうとシミュレーションは始まる」

初めて語気を強めて言った。

「さて」

男は再び冷静な口調に戻り、

「今日から貴族役の五人はそれぞれあちらの屋敷で暮らしてもらう。向かって左端の屋敷がA班の屋敷、その隣がB班、C、D、Eだ。

屋敷には食料品やその他生活品が豊富に備わっている。しかし奴隷側には何もない。奴隷の食料は、貴族である君たちが分け与えるんだ。なくなれば我々が補充する。

逆に奴隷役は反対の方角にある檻の中で生活してもらう。見てのとおりしっかりトイレも水道もある。どの班がどの檻か、もう説明しなくてもいいな」

奴隷側の僕たちには冷たい物の言いようだった。男の中ではもうすでに『貴族と奴隷』というシミュレーションが始まっているらしく、貴族と奴隷の格差を意識的に強調しているような感じがした。

「さあこれが屋敷の鍵と檻の鍵だ」

ジャラジャラと音がする。

男が鍵を掲げているのが雰囲気で分かった。

「一人ひとりに鍵を渡してる」

ともえさんが僕にそっと教えてくれた。

「檻を開けるのも閉めるのも君たちの自由だ」

貴族の五人は誰も返事をしない。僕には表情が見えないから心の内も分からない。

「さて」

男は一息吐くと、

「いいか奴隷たち——」

鋭い声色で僕たちに言い放った。

「自分の班の先頭に立っている貴族の顔をよく見ろ。今お前たちの目に映っている人物はもう同級生ではない。お前たちの主人、飼い主だ」

まるで奴隷側の人間を洗脳するような言い方だった。僕は惑わされることはないけれど、男がリアルな差別社会を作り出そうとしていることに恐怖心を抱いた。

「お前たちは人間であって人間ではない。上流階級の貴族に飼われている身であることを決して忘れてはならない。

貴族の命令には絶対服従！　当然対等な言葉遣いは許されない」

返事をする者は誰もいない。それでも男は構わず続けた。

「逆に貴族は飼っている奴隷をどう使おうが構わない。ここではどんなことでも許される。極端なことを言えば、いきなりぶん殴ってもいいんだ。

奴隷が反抗的な態度を取ればさらに苦痛を与えればいい。ここは無法地帯なんだからな」

僕は悪寒が走った。言動が普通の人間とは思えない。救いなのは、貴族役の五人が誰一人返事をしないことだ。貴族役の五人だって男の言葉に戦慄しているに違いない。

「とはいえ貴族と奴隷になりきれと言われてもどうすればいいか分からないだろう。そこで君たちにはある仕事を用意した。簡単な仕事だ。

向こう側にたくさんの植物が生えているだろう。

貴族役の君たちが奴隷を使って植物を収穫させるんだ。収穫したものを入れるカゴは屋敷の裏庭に大量に置いてある。収穫したら元の場所に戻せばいい。我々が運び出す。

飼っている奴隷に仕事をさせるかさせないかはそれぞれの自由だが、収穫量に応じて報酬金を渡す。一番収穫の多かった班にはボーナスもつけよう。

報酬金に関しては貴族も奴隷も平等だ。しっかり六等分して支払う」

「お金を出せば私たちが言いなりになるとでも思ってるの？」

ともえさんが憤りを露わにすると辺りは静まり返り、さらに緊迫した空気が流れる。

まだ、異様な静けさが続いている。男が彼女をじっと見ているのが分かる。しかし黙ったままだ。それが不気味だけれど、少なくとも彼女に危害を加えたりするつもりはなさそうで、僕は止めていた息を一気に吐き出した。

ひとまず安堵した僕は先ほど男が言った〝報酬金〟という言葉について考えた。

僕も一瞬彼女と同じようなことを思った。

お金を出せば僕たちが与えられた役になりきると思っているのだろうか、と。

でも気づくべきところはそこじゃない。

『なぜ報酬金などが出るのか』という根本的な部分だと思う。

僕は、僕たちを拉致したこの武装集団のことをテロリストだと思っていた。

そのテロリストがなぜ僕たちに報酬金など支払う必要があるのだろう。あまりに不自然ではないだろうか……？

「あの！」

突然ある男子が声を発した。位置からして奴隷側だと思う。勇気を振り絞ったような声だった。

「どうして僕たちがこんなことをしなければならないのですか？」

質問された男はすぐさま、

「君たちが選ばれたからだ」

不可解なことを言った。

男は少し間を置いて、

「ではそろそろシミュレーションを開始しようと思うが……」

そこでいったん言葉を切った。

僕は男が皆の反応を確かめているような空気を感じ取った。

勝手に貴族と奴隷に分けられ、勝手にシミュレーションを開始すると言われても納得できるはずがない。少なくとも僕はそうだ。

でも僕は男に参加を拒否するとは言えなかった。

正直僕は彼らが怖い。

銃を持っているのもそうだけれど、なんというか、人間が怖い。

皆も僕と同じ恐怖心を抱いていると思う。

だから開始すると言われてもことさら騒がないし、反抗もしない。

何をされるか分からないから。

下手をすれば殺されてしまう恐れだってある。

男は皆の反応に満足したのか話を再開した。

「最後に君たち五人に伝えておくことがある。屋敷の二階の寝室にデスクがあるが、そのデスクの上に拳銃が置いてある」

一斉に響《どよ》めきが起こった。しかし男は騒ぎを静めない。皆の反応を楽しんでいるかのように。

「銃……」

愕然とする僕の身体にジワリと嫌な汗が滲む。震えを抑えるように白杖を握り締めた。

「さっきも言ったがここは無法地帯だ。銃をどう使おうが一切罪にはならない。嘘ではない。このシミュレーションは政府の指示により、我々に全権が委任されているのだからな」

僕は耳を疑った。

政府の指示？

嘘だ。そんなはずがない。デタラメに決まってる。この男たちはテロリストなんだ。

皆が混乱する中、

「ではこれよりシミュレーションを開始する」

男が大声で告げた。

その刹那、

「いつまでですか！」

とある女子が男を引き留めるように言った。

辺りは一瞬にして静寂に包まれる。

僕は息を呑み男の答えを待った。

「決まっていない。私たちが求めている結果が出るまでは終わらない」

皆が再びざわつきだした。

どうやら男たちが去っていくらしい。

突然僕の隣にいる直人が「待ってください」と叫んだ。

何を言うのかと思えば直人は僕の右腕を摑み、

「伸也だけは家に帰してやってください。伸也は目が見えないんです。お願いです」

僕は直人の気持ちが嬉しいけれど、僕だけ特別扱いしてもらうわけにはいかず、

「いいんだよ」

直人を止めた。

それでも直人は男に何度も「お願いです」と叫んだ。

しかし男は口を開くどころか振り返りもしなかったようで、直人は諦めたのか小さく舌打ちすると、

「無視かよ」

コロッと態度を変えて言ったのだった。


依然張り詰めた空気が場を支配している。

まだ、男たちの姿が見えるのだろう。

僕は息をするのも忘れていた。男たちがいなくなるのをじっと待った。

突然何かが弾けたかのようにドッと周囲が騒がしくなった。

どうやら男たちの姿が完全に見えなくなったらしい。

助けを呼ぶ者、泣く者、暴言を吐く者。

このとき僕は、誰一人として参加拒否を訴える者が出なくてよかったと思った。男たちに逆らったり、不満を爆発させていたりしたらどうなっていたことか。

想像するだけでゾッとした。

僕は隣にいるであろう直人に頭を下げ、「どうもありがとう」と言った。

「いいよ、礼なんて」

照れくさそうにしている直人の顔が脳裏に浮かぶ。

「格好よかったよ直人」

ともえさんが褒めると、

「当たり前のこと、言っただけだよ」

恥ずかしそうに言ったのだった。

僕の脳裏に、今度はともえさんの笑みが浮かぶ。

それで僕は少しホッとするけれど、ともえさんと一緒に笑える心境にはなれない。

僕たちはこれからどうすればいいのだろう。当然逃げることはできないと思う。奴隷役にされた者は足枷がついているのだから。もっとも見張りがいるはずだから足枷がなくても無理だ。

見張りだけじゃない。今だってきっとどこかで僕たちの様子を観察していると思う。やはり警察の助けが来るまで僕たちはここで生活するしかないと思う。

きっと、すぐに助けがくる。

「山崎、藤木、どうするよ」

僕たち三人の前にある男子がやってきた。どうやらその後ろにも二、三人仲間がいるらしい。

誰？　というように僕が首を傾げると、直人が紹介してくれた。

「大谷拓也《おおたにたくや》に、浜野潤也《はまのじゅんや》に、大橋尚真《おおはしなおま》。三人とも伸也と同じD班だぜ」

僕は三人によろしくと頭を下げた。

直人が僕を引き寄せると、今度は三人に僕を紹介した。

「黒澤伸也。幼なじみなんだ。仲よくしてやってくれよ」

「よろしくっす」

一人が僕と握手してくれた。

「今の声は？」

「あ、俺、大谷」

僕は大谷拓也の声を記憶する。

「本当に、目が見えないの？」

もう一人が遠慮がちに聞いてきた。僕は普通に、

「何も見えません」

と言った。

「ちなみに今の声は？」

「浜野だよ」

と直人が教えてくれた。

「困ったことがあったら、言ってよ」

二人とは違う声。大橋尚真の声だなと僕は頭にインプットした。

「ありがとう」

「なああそれよりマジやばくねえ？　何この展開。これからどうするよ」

大谷拓也が言った。

「逃げたらもっとやばそうだしな」

浜野潤也がつぶやく。

深刻に考える僕とは対照的に、ともえさんがあっけらかんとこう言った。

「そう難しく考えなくていいんじゃない？　助けが来るまで奴隷になって生活していれば彼らは何もしてこないと思う」

「やだよ奴隷なんてさあ」

大橋尚真が言った。

「何言ってんの。フリよフリ」

「どこかで見られているかもしれねえからなあ。やっぱそれしか方法はねえよなあ」

直人が真剣な声色で言った。と思ったら、

「てか何で俺だけE班なのよ。寂しくねえ？」

緊張感のない、普段の声色で言った。四人は直人をからかう。

その横で僕はふと、僕たちの班の〝貴族役〟が気になった。

今どの辺りにいるのだろう。僕たちの傍にいる気配はない。どうして同じ班なのにやってこないのだろう。

僕は直人の手を引っ張って、D班の貴族役の子の下に連れていってほしいと頼んだ。

直人が僕に「どうして」と問う。僕は「いいからいいから」と言って直人の手をもう一度引っ張った。

四人も僕と直人にくっついてやってきている。

やはり僕の予想どおり貴族役の彼は僕たちの傍にはいなかった。二十歩ほど離れたところにいたらしく、

「ほら、目の前にいるぜ」

直人が足を止めると僕の耳元で囁いた。

彼は一言も発さない。息遣いだけが聞こえてくる。

僕を、じっと見ている。それだけは確かめずとも分かる。

僕は彼に独特な雰囲気を感じた。

直人は陰気くさいとかひ弱な感じとか言っていたけれど、僕はそういう言葉で人を表現したくはない。

ただ、大人しい、とはちょっと違うような気がする。

この独特な気配、そういえば確かさっき……。

「初めまして、僕は黒澤伸也といいます」

自己紹介しても相手は無言のままだ。

「あの、お名前は？」

尋ねるとやっと、

「平瀬《ひらせ》正勝《まさかつ》」

太い声でボソッと言ったのだった。


彼は名前を告げるや否や立ち去ってしまった。

僕の背後では直人たちがヒソヒソと話し合っている。

どうやら皆彼を知っているようだ。

「知り合いだったの？　違う中学って言ってなかった？」

まだ彼が近くにいるのか、直人が囁いた。

「顔見ただけじゃ分からなかったけど、あいつ俺たちと同じ学校だわ。名前聞いてピンときた」

「もしかして、学校に来てないの？」

「そう。たぶん一回か二回くらいしか来てねえんじゃね？　噂によると家に引きこもってるらしいぜ」

「どうして？　イジメられたの？」

「そんな話聞いてねえよな？」

直人が四人に意見を求めると四人とも聞いてないと言った。

「理由もないのに学校休んでるの？」

「知らねえ。集団生活ができない奴なんじゃないの？」

「毎日家で何やってるのかなあ」

「ゲームだろ」

「どうして分かるの？」

「何となく」

僕はさすがに呆れた。

「おいおいそんなことよりよ」

急に直人の声色が変わった。

「平瀬の奴、屋敷に入っていったぜ」

直人のその言葉だけで僕は一抹の不安を抱いた。

直人はあえて口にはしないけれど皆だって分かっている。

屋敷の二階の寝室には拳銃が置いてあるのだ。


僕たちの他に平瀬正勝が屋敷に入っていったことに気づいている者は何人くらいいるだろう。

ほとんどの者が気づいていないような気がする。皆自分たちの置かれた状況に困惑してはいるけれど、あまり緊張感は感じられない。

彼はまだだろうか。

いったい中で何をしているのだろう。

僕は固唾を呑んでじっと彼が屋敷から出てくるのを待った。

緊迫する中、突然ある男子の声が聞こえてきた。

「俺たち奴隷は何をすればいいんですかね、二ノ宮様」

相手を小バカにする言い方だった。

「始まった。こんなときにまったくもう、ハギジュンの奴」

ともえさんが呆れたように言った。

「ハギジュン？」

僕は彼女がいる位置に顔を向けて聞いた。

「萩野順平《はぎのじゅんぺい》。学年一のワルで、弱い者イジメばっかりしてるのよ。で、二ノ宮くんもハギジュンの標的の一人なんだけれど、可哀想なことに二ノ宮くんとハギジュンが同じ班なのよ」

「早く命令してくれよ二ノ宮様」

萩野はわざとらしく大きな声で言った。皆彼に注目しているのが分かる。

「そんなこと、言われても……」

萩野とは対照的にか細い声が聞こえてきた。僕には何も見えないけれど、貴族役の彼がブルブル震えているのが分かる。

「一つ言っておきますが二ノ宮様、俺は檻になんか入りたくねえぜえ」

僕はいたたまれない気持ちになり、直人の袖を摑んで言った。

「助けてあげてよ」

直人はやれやれと言うように息を吐き、

「仕方ねえなあ」

と言って二人の下に向かっていった。

その刹那、

「あの男の言うとおりにしたほうがいいんじゃないかな」

初めて聞く声だった。イジメられている彼とは対照的に毅然とした態度だ。

僕が訊く前にともえさんが、

「所くんよ」

と教えてくれた。

「彼は貴族役だったね」

「そう」

確か学級委員をしていると直人が言っていた気がする。

どうりで学年一のワル相手でも堂々としているわけだ。

「どういう意味だよああ？」

「僕たち三十人はあの男たちに支配されている。支配されている以上、命令どおり貴族と奴隷になって動くしかないと思う。命令に逆らえば殺されるかもしれないんだ」

「殺されるなんて嫌だよ」

二ノ宮が今にも泣きそうな声で言った。

「今だってきっと僕たちの様子を観察しているはずだ。無事に帰りたければ命令どおりシミュレーションを行うしかないんだ」

「この優等生がよお。で、俺たちはどうすりゃいいんだよ」

先ほどまでとは打って変わって萩野は威勢を失った声で所に問うた。

「奴隷役と言われた人たちには悪いけど、ひとまず檻の中に入ってもらうしかないと思う」

萩野は納得したのか黙っている。

「所の奴、うまく猛獣を手なずけたな」

直人が冗談交じりに言った。

「でも所の言うとおり、無事に帰りたければやるしかねえんだよな」

「じゃあ二ノ宮くん、佐伯くん、檻の扉を開けようか」

二人のか細い返事が聞こえてきた。

「直人の班の貴族役の子はどうしてる?」

「ちゃっかり三人と一緒に檻に向かってるぜ」

五人の貴族役の中で唯一未だ名前も声も分からない子。どんな人なんだろうと僕は思う。

「他の皆は?」

「素直に檻に向かってるぜ。所の言葉が相当きいたらしいな。さてさて俺も檻の中に入るとするか。皆、伸也のこと頼むぜ」

直人がそう言った直後だった。

あっ、とともえさんが声を上げ、

「屋敷から出てきた」

警戒心のこもった声で僕たちに告げた。

バタンと扉の閉まる音が僕の耳に伝わった。

僕は息を呑み、

「まさか、銃、持ってないよね？」

直人がうんと頷く。

「手には、持ってねえ」

含みのある言い方に僕はますます不安になる。

「しっ！　こっちへ来る！」

ともえさんが僕たちを遮るように言った。

僕は息を詰め、平瀬正勝が通り過ぎるのを待つ。

足音が近づいてきて、止まった。しかし彼は何も喋らない。僕たちも口を閉ざしたままだった。

異様な空気が流れる中、やっと彼が声を発した。

「おいで」

ボソリとした声。後ろにいる三人の誰かがゴクリと唾を飲み込んだのが分かった。

「うん」

ともえさんが声を振り絞るように返事して、僕の左手をギュッと強く握り締めた。じっとり汗が滲んでる。脈拍が乱れているのも分かる。

僕もそうだ。彼を前にすると妙に緊張する。

彼が歩き出したのが分かった。

僕は彼女の手をしっかりと握り締めながら重い足を前に進める。

どうやら檻の前にやってきたらしい。檻の錠前を開けているのが分かる。

扉の開く音がした。

「入って」

厳しい口調ではないけれど、彼の声色には感情がない。

檻の中に入るとガシャンと扉の閉まる音がした。僕はビクリと振り返るけれど彼の顔は一切見えない。

彼は何も言わずに去っていった。

「なんか、あいつやばくねえ？」

大谷拓也が小さな声で言った。

「やばいやばい」

浜野潤也と大橋尚真が口を揃える。

「きっと、会話するのが苦手なんだよ」

僕はそう思うことにした。

「ところで直人は？」

「隣の檻の中にいる。今こっちに手振ってる。呑気なもんだよ」

ともえさんが教えてくれた。

僕は小さく手を振り返す。方向が分からないから全然違うほうに手を振っているかもしれないけれど。

檻の中に入って間もなく、僕は足の裏がジンジンと激しい痛みを訴えていることに気づいた。

特に足枷のついた右足は悲鳴を上げている。

痛みを意識すると立っていられなくなり、僕はその場に腰を下ろした。ともえさんも一緒に座ったのが分かった。

お尻がヒンヤリと冷たい。固いけれどコンクリートではない。土だ。動物よりも扱いがひどいんじゃないかと僕は思った。

「お尻、痛いね」

僕のほうからともえさんに話しかけた。

「クロちゃん大丈夫？」

「痛いけどヒンヤリしていて気持ちいいよ」

冗談を言うとともえさんが笑ってくれた。

僕はもっとともえさんと話したいと思うけれど、意識すればするほど、何を話したらいいのか分からなくなってしまう。

それからすぐのことだった。

「所くんが屋敷から何か持って出てきた」

ともえさんが僕に言った。何も見えない僕はその言葉だけで張り詰めた。

「何？」

「ああ、ご飯ね」

「ご飯か」

「パンに、牛乳に、バナナ、それにあれは缶詰かなあ？ あ、二ノ宮くんと佐伯くんも食べ物を持って出てきた」

離れたところから、

「すぐに食べられる物といったらこれくらいで。足りなかったら言ってね」

という声が聞こえてきた。

初めて聞く声であり、僕はともえさんに、

「佐伯くんだね？」

と確かめた。

「そう。声で分かると思うけど、佐伯くんは本当に心が優しい人で、怒ったところなんて見たことがない。

学校では飼育委員をしているのよ。動物が大好きで、将来動物園で働きたいって言ってたわね、確か。

でもちょっと女の子っぽいところがあるからそのせいで女子にまでからかわれるときもあるの。二ノ宮くんみたいにイジメられてはいないけど」

三人の貴族役が奴隷役の皆に食料を分け与えている姿が脳裏に浮かぶ。

「うちのご主人様は食いもん持ってきてくれないのかねえ?」

大谷拓也が小バカにした口調で不満を言った。

「うちのご主人様もまったく持ってくる気配がねえぜ」

隣の檻から直人が言った。

「まあそれでもあの三人よりはいいけどな」

僕は意味がよく理解できず、

「どうして?」

直人の声がするほうを向いて言った。

「知ってる奴に檻に閉じ込められたり、食料を恵んでもらうのって嫌だろ。超屈辱じゃん」

そういう問題ではないような気がするけれど僕はあえて言わなかった。

それよりも僕は平瀬正勝という人物が気になる。

彼はなぜ食料を持ってきてくれないのだろう。

空腹だからそう思うのではない。むしろ食べられる心境じゃない。

問題なのは、僕たちに食料を持ってこないということだ。本当に持ってこないのだとしたら正直この先が心配だ。

お腹は空いていなくとも喉は渇いた。僕はともえさんに頼んで水道がある場所まで手を引いてもらった。

ともえさんはついでに蛇口まで捻《ひね》ってくれた。バシャバシャと足に水がかかる。どうやら排水溝がないらしい。

生温い水が渇いた喉を潤し、空っぽの胃に流れ込む。

生き返ったと同時に僕はふと思った。

ここで身体を洗うのだろうか？　僕たちはいいとしてともえさんも？

トイレだって仕切りがないらしい。それではあまりに女子が可哀想だと思った。

奴隷だから当たり前だ、と男が言っているような気がした。

水を飲み終えた僕は鉄格子に寄りかかって座り、平瀬正勝がやってくるのを待った。

しかし何分待ってもやってこず、空腹よりも先に眠気が襲ってきて、僕はそのまま眠ってしまった。

2

僕は時折健常者に、目の見えない人は夢を見るのですかと訊かれることがある。

僕はそのとき、夢を見るというよりは夢を聞くと答える。

明瞭な音のときもあれば、不可解な音のときもある。

今朝も目覚める直前に夢の世界で音を聞いた。

カンカンカンカンという踏切の警報機に似た音だった。

危険を感じた僕は飛び上がるようにして起きたのだけれど、現実世界でもカンカンカンカンと鳴り響いていて、夢の警報音よりもちょっと鈍い。

鉄と鉄とがぶつかり合っているような音。

どうやら平瀬正勝が鉄の棒か何かで鉄格子を叩いているらしい。恐らく僕たちに起きろと言っているのだろう。僕はここでも彼に違和感を抱いた。

僕の隣にはともえさんの気配があって、彼女はすでに起きている様子だけれど何も言葉を発しない。僕と同じ檻の中にいる他の三人も起きているみたいだけれど何一つ文句は言わない。言えない雰囲気があった。

音が止んだと思ったら突然、

「名前は？」

平瀬が言った。

彼が誰に対して質問しているのか分からず僕はとても困る。

すぐにともえさんが、

「藤木ともえ」

ぶっきらぼうに答えた。

「来い」

平瀬がボソッとともえさんに命令した。

彼女は理由を訊かない。訊けるような雰囲気ではないのだ。

平瀬が檻の扉を開けると、ともえさんは命令どおり立ち上がった。

急に悪い予感がした僕は思わず、

「あの！」

声を発していた。

その刹那隣の檻から、

「どこへ連れてくんだよ」

直人が真剣な声色で問うた。

「……」

ともえさんが檻から出たのだろう、昨晩と同じようにガシャンと激しい音が耳に響いた。

「おい」

直人が呼び止めるがやはり平瀬の反応はない。

鉄球を引きずる音が徐々に遠ざかっていく。

「おいおいあの野郎、藤木をどうするつもりだ」

同じ檻にいる三人の誰かが言った。僕は誰の声か判別ができないくらい動揺している。

「屋敷に連れてくみたいだな」

檻の中にいる僕たちはただただ待つしかなかった。

それから間もなく、二ノ宮、佐伯、所の三人の声が聞こえてきた。どうやら自分の班の皆に朝食を配りにやってきたらしい。

その直後、直人の班の貴族役が屋敷から現れたようで、両手には食料を抱えているとのことだった。

隣の檻から、

「はい食事。地面に置いておくよ。これから働くんだろう？　食べて力つけないとね」

透き通った綺麗な声なのだけれど僕は寒気を感じた。言葉に思い遣りがなく、他人事で、妙に愉快そうにしているからだ。

「はい、山崎くん」

隣の檻から女子の声が聞こえてきた。

「俺はいらねえ。誰か食べてくれ」

気が気でないといった様子の声。

その直後鉄格子を拳で叩いたような音が聞こえてきた。

ともえさんが連れていかれてからどれくらい経ったろう。確実に三十分以上は経っている。

耳を澄ましても中の様子は分からない。分かるはずがない。

せめて檻の扉が開いていればと思う。

そうだ貴族役の誰かに中の様子を窺《うかが》ってもらえばいい。

そう思い立ったときだった。

「出てきた！」

後ろにいる三人の誰かが言った。

「平瀬も一緒だ」

「彼女はどんな様子？」

僕は急いで三人に聞いた。

「パンとバナナを持ってるぜ」

「パンとバナナ？」

「そう」

「泣いてない？」

「全然。むしろ堂々としてるぜ」

僕は体内に吸い込んでいた息を全部吐き出した。

やがて扉が開きともえさんが檻の中に戻ってきた。

僕はそっと、

「今まで何を」

彼女は遠慮がちに、

「ご飯の用意をしてたの」

と答えた。

まさかご飯の用意をしていたとは想像すらしなかった。

僕は平瀬正勝という人物を警戒しすぎていたのかもしれないと思った。

「で、それ俺たちのだろ？」

大橋尚真が言った。彼女が持ってきたパンとバナナのことを言っているのは容易に想像がついた。

「そう。食べよ。お腹減ったよね」

彼女の言うとおりさすがに胃が空腹を訴えている。

僕は平瀬正勝が食事を用意してくれたことと、食べ物を食べられることに安堵したのだけれど、ホッとしたのも束の間、

「ちょっと待って」

ともえさんがあることに気づいたようで、僕は彼女のその声色から何となく嫌な予感がした。

「パンもバナナも、四つずつしかない」

檻の外でクスと笑い声がしたような気がした。

「与えなくていい、そいつには」

僕は平瀬正勝が、僕を指差して言っているような気がしてならない。皆の視線を感じるのだ。

「どうしてクロちゃんだけ」

「そうだどうして！」

隣の檻から直人の声が飛んできた。

僕も理由が知りたい。どうして僕に意地悪をするのか……。

「食べる必要がないから」

一瞬場が固まる。

「意味分からない。だったら私も食べない」

「それは許されない」

間髪容れず平瀬が言った。

「貴族の命令に逆らうことはできない」

僕は身体中がサァーと冷たくなった。

「食べるんだ、早く」

声に迫力はないけれど妙な威圧感があった。

ともえさんたちは迷っている。迷った挙げ句、

「ごめんクロちゃん」

食べることを選んだようだった。

「気にしないで食べて」

強がって見せたのではない。

僕は心の底から、彼女たちが平瀬に従ってよかったと思っている。


檻の外では二ノ宮、佐伯、所の三人が奴隷役の皆に収穫の仕事をさせるか否かで話し合いを始めた。

萩野順平の視線を気にしてか、二ノ宮は仕事をさせるのに反対の意見を出すが、所は仕事をさせておいたほうが一日も早くシミュレーションが終わるのではないかと皆を説得している。佐伯はどっちつかずの態度だった。

「遠慮することない」

檻の外で僕たちの様子を眺めていたはずの平瀬が突然三人に向かって言った。

「奴らは奴隷なんだから働かせればいい」

全体が凍り付いた。

冷然としている彼に寒気立つ僕はこのとき、平瀬正勝に対するある疑念が確信に変わった。

彼は貴族の演技をしているのではなく貴族になりきっている。僕たち奴隷役のことを本当の奴隷として見ている！

萩野が平瀬に怒鳴り散らすが平瀬は相手にしなかった。

「彼の言うとおりだね」

直人の班の貴族役の声だった。

「奴隷なんだから奴隷として扱えばいいんだよ」

今にも笑い出しそうな愉快そうな声。

僕はこのとき、彼も平瀬と同じ部類の人間であることを知った。

「久しぶりだね平瀬くん」

奴隷のことはどうでもいいというように、平瀬の意見に賛同した貴族役が平瀬に話しかけた。

「憶えているだろう？　僕だよ、髙村壮《たかむらたけし》だよ。藤川小学校の」

藤川小学校といえば、確か僕の住む町の隣の町の小学校だったと思う。

平瀬のほうはまだ分からないのか黙ったままだ。

「ほら、小三のときクラスが一緒でよく遊んだじゃないか」

「……」

「小四のとき君が引っ越して以来会っていなかったから四、五年ぶりかな」

「……」

「君の顔を見た瞬間君だって分かったよ。いつ話そういつ話そうってドキドキしてた」

「……」

「また会えてよかった。嬉しいよ」

一人で喋り、一人で懐かしんでいる高村壮に平瀬正勝が言った。

「全然憶えてないな」

「え？　嘘だろ……だって」

「誰？」

一瞬微妙な空気が流れた。

僕は息を止め耳を澄ます。

二人はまだ、向き合ってるらしい。

異様な静けさの中、険悪な空気が漂っていた。

どう考えても高村の勘違いとは思えなかった。

なのに平瀬は思い出そうとはせず、高村を気遣うどころか無視するように檻の扉を開け、

「出ろ。労働の時間だ。屋敷の裏庭にカゴが積んであるからそれを持って畑に行け」

皆心の中では不満を抱いているはずだけれど、だんだん平瀬が不気味に思えてきたに違いない。誰も文句を言わず立ち上がった。

その直後隣の檻から、

「出ろ」

高村の不機嫌な声が聞こえてきた。直人たちが檻から出ていくのが気配で分かる。

大谷たちが歩き出したのを知った僕は皆についていこうと白杖を前に出した。

「お前はいい」

僕はすぐに自分が言われているのだと知った。

「足手まといになるだけだからずっとここにいろ」

平瀬の、ばっさり切り捨てるような言い方だった。

確かにそうかもしれないけれど、自分だけここにいるのは何だか皆に悪い気がした。

「そんな言い方しなくても」

ともえさんが反論すると平瀬は彼女に早く行けと言い、その場に立ち尽くす僕に、

「働かないんだから腹も減らないな」

と言い残して去っていった。

だから食事を与えなかったんだなと僕は合点した。

「クロちゃんはここで休んでいて」

ともえさんが僕を気遣ってくれた。僕は謝ることしかできなかった。


独りぼっちになった僕はその場に座るしかなかった。皆に申し訳ないという気持ちを抱く一方で、お腹が空いたなあと思う。

皆は僕以上に苦しいのだから我慢しなくてはならないと思うのだけれど、辛いもの

は辛い。母さんが作ったおにぎりを食べて以来何も食べていないのだから。

そういえば母さんは今どうしているかなあ。僕のこと心配しているだろうなあ。せめて一言、大丈夫だよと伝えたい。

お腹が空いてたまらない僕は、お腹がタプタプになるまで水を飲んでごまかした。

それからすぐに僕は尿意を催した。

僕は白杖を使って位置を知る。檻内のトイレを使うのは初めてだった。

ズボンを下ろし、便器に座る。

仕切りがないということだけれど恥じらいは感じなかった。恥じらっているほど心に余裕がないのだと思う。

排尿を終えた僕は鉄格子に寄りかかって皆が戻ってくるのをひたすら待った。

ともえさんたちが戻ってきたのは夕方だった。A班、B班、C班はお昼休みを取り午後も休憩を挟みながら収穫作業を行っていたようだけれど、D班とE班は昼休みすら与えられず働きっぱなしだったらしい。

大谷たちは戻ってくるなり座り込んで僕にそう話し、平瀬に対する不満や怒りをぶちまけた。

来たわよ、ともえさんが合図すると三人は一斉に口を閉ざす。僕は呼吸まで止めた。

休憩も束の間、平瀬がまたしてもともえさんを呼んだ。どうやらまた食事を用意させるらしい。

彼女は命令どおり檻から出ていった。

隣の檻からかすかにチッと音が聞こえた。僕はすぐに直人が舌打ちしたのだと分かった。

「あの野郎、藤木をいいように使いやがってよ」

朝の直人とは違い、今の直人は疲れと空腹のせいかひどく興奮していた。

僕はすかさず、

「我慢だよ直人。大丈夫だから」

直人の気持ちをなだめた。

やっとともえさんが戻ってきた。正確な時間は分からないけれど、一時間以上屋敷にいたのではないだろうか。

彼女は朝と同じように夜ご飯を持ってきた。想像していたとおり僕の分はなく、平瀬は皆が僕に分け与えぬよう皆が食べ終わるまで檻の外で監視していた。

飢えに苦しむ僕は水を飲もうと立ち上がったのだけれど、立ち上がっただけで足がふらついた。ともえさんが僕を支えて水道まで連れていってくれた。

「大丈夫クロちゃん？　何もしてあげられなくてごめんね」

僕は大丈夫だよと言って、またお腹がパンパンになるまで水を飲んだ。

ただお腹が一杯になったとはいえしょせんは水だ。満腹感は一時的なものでまたすぐに空腹が襲ってくるだろう。

その前に僕は眠ろうと思った。眠ってしまえば空腹を忘れられるから。

まだ眠るには早い時間だからなかなか寝付くことができなかったけれど、精神的な疲れのせいか何とか眠ることができた。


翌朝僕は空腹のせいか平瀬正勝がやってくる前から目が覚めていたけれど、昨日の朝と同様、鐘の音ならぬ鉄格子の音が檻の中に鳴り響いても、僕は地面に倒れたままだった。

しばらく僕に視線を置いていたような気配があったけれど、平瀬は倒れている僕を放置してともえさんに屋敷に来るよう命令した。

長時間何も食べていない僕はぼんやりとした意識の中起き上がり、

「お願いです、何か食べ物をください。このままでは死んでしまいます」

声を振り絞って懇願した。そんな僕に彼は、

「どこを向いて言っているんだ」

痛快だと言わんばかりの態度だった。

平瀬の目から見れば若干位置がズレているようだ。

どんなにイジメられても素直に言うことを聞くしかなかった。

僕は地面に正座して少し向きを変えもう一度、

「お願いします」

頭を下げて食べ物を乞うた。

「……」

僕はこのとき、平瀬がほくそ笑んでいるような気がしてならなかった。

「タダでとは言いません。働きます。僕に仕事をください」

「私からもお願い！　このままだとクロちゃん本当に死ぬわ」

「俺からも、頼む！」

直人の声だ。怒りと悔しさをグッと堪えたような声だった。

「言葉遣いがなってないな」

平瀬は二人を一蹴するように言い、

「何だって？」

わざとらしくもう一度訊いた。彼は奴隷の忠誠心を確かめているのかもしれない。

数秒間の沈黙の末、

「お願いします」

ともえさんが言った。あまりの屈辱に声が震えていた。

直人は、黙ってる。それでいいと僕は心の中で直人に言った。

「藤木と一緒に来い」

機械音のような抑揚のない声。

立ち上がるとともえさんが手を握ってくれた。立っているだけでもフラフラする僕はともえさんに身を委ねるようにして歩く。

やがて十二時の方向から木の軋《きし》む音が聞こえてきた。

どうやら平瀬が屋敷の扉を開いたらしい。

屋敷の前に着いたらしく、

「少し段差があるから気をつけて」

ともえさんが僕に注意を促した。

僕は足先で段差を確認して一段、二段と上る。

やがて地面がコンクリートから大理石に変わった。

「ここで靴を脱いで」

僕は言われたとおり靴を脱ぎ、彼女と一緒に廊下を歩く。

すぐ目の前に平瀬の気配を感じるのだけれど、彼はいったい僕をどこに連れて行く気だろう。

ふとともえさんの足が止まった。

「キッチンよ」

僕は言われなくても何となく分かった。パンや野菜や果物、それに魚が腐ったような生臭い臭いもする。

僕は白杖を前に出して左右に振った。

手の届く範囲には遮る物がなく、僕はかなり広いキッチンなのではないかと想像した。僕の家のキッチンは母さんが立っていると自由に行き来できないほど狭いから、僕からすると信じられなかった。

キッチンがこれだけ広いということは、よほど立派な屋敷なのではないだろうか。

平瀬が一人で何かやっている。

僕には冷蔵庫から何かを取り出したくらいしか分からなかった。

「来い」

平瀬が言った。

僕は彼女の手を借りて彼の下に向かう。

ともえさんが足を止めると平瀬がこう言った。

「今お前の目の前にはまな板があり、その上には包丁とキャベツが置いてある」

僕はすぐに場景を浮かべる。

「キャベツの千切りができたらここにある物自由に食べていいぞ」

自信に満ちた声だった。

平瀬は目の見えない僕には絶対にできないと思っているらしい。

僕は表情には出さないけれど安堵した。

彼は意地悪をしているつもりらしいが僕にとっては全然意地悪ではない。それくらい容易《たやす》いことだ。

なぜなら僕はいつも母さんの夕食作りを手伝っているから。母さんは嫌がるけれど包丁だって使う。

キャベツの千切りなんて本当に容易い。僕はリンゴの皮むきだってできるのだから。

「分かりました」

僕は白杖をともえさんに渡すとまずはキャベツに触れ、次いで包丁の柄を手に取った。刃がどち ら側か確認した僕は左手でキャベツを押さえ四分の一にカットし、左手を〝猫の手〟に変えて細かく千切りにしていく。

僕の後ろに立っている平瀬が意外な光景に固まっているのが分かる。

僕はもう少し速いリズムでできるけれど、彼の神経を逆なでしそうなので不慣れな感じを装った。

それでも隣にいる彼女が、

「そこらへんの女子より上手いわね」

クスクス笑いながら言った。

「クロちゃんは目が見えない代わりに他の感覚がとても優れてるの。特に触覚がものの凄い発達している。クロちゃんは目が見えないのに絵まで描けちゃうんだから」

ともえさんが平瀬に僕の特技を教えると平瀬は一言、

「絵？」

とつぶやいた。

「絵の具を使うの。描くだけじゃない。クロちゃんは絵の具を触っただけでそれが何の色か分かっちゃうの。本当に天才よ」

ともえさんが手放しで褒めるものだから僕はドキドキしていた。

でも意外にも彼は黙ったままだった。それが逆に不気味なのだけれど。

「もういいでしょ」

まだ途中だけれどともえさんが彼に言った。

平瀬は無言のままだ。

「約束どおり食べ物持っていくわね。皆の分も」

空腹の限界を超えている僕は自分が切ったキャベツを口いっぱいに頬張りたいけれどもう少し我慢することにした。

しばらくして、

「クロちゃん私の袖を摑んで」

彼女が言った。どうやら僕と手を繫げないくらい食料を抱えているらしい。僕はうなずき彼女の袖を摑む。

僕はずっとオドオドしていたけれどキッチンから出ても平瀬は一歩も動かずなぜかずっと黙ったままだった。

屋敷から出た僕は身体を引きずるようにして仲間たちの下へ向かう。まるで戦争に勝って故郷に戻る兵士のようだった。

キッチンから持ってきた食事は戦利品だなと思った。

檻の中では大谷たちが歓声を上げている。

ただ檻の扉が閉まっているので僕たちは中には入れず、ともえさんが外から三人に食料を手渡した。

僕はいただきますなんて言っている余裕はなかった。檻の前でありったけのパンを平らげた。

コッペパンに食パンに、あとは憶えていない。種類なんてどうでもよかった。

まだまだ足りない僕は魚の缶詰を二個に、バナナを一房、それにリンゴを三個、皮のまま食べた。

それでもまだ満腹ではないけれど、どうにか生き返ることができた。

長い地獄から解放され我に返った僕は今さらながら自分の過《あやま》ちに気がついた。

「ごめん、僕皆の分まで食べてしまったよね。皆だってここ二日間満足に食べていないのに」

四人は一瞬静かになって、なぜか笑った。

「どうしたの？」

「クロちゃんはずっと何も食べてなかったんだからそんなこと気にしなくていいの

よ」

他の皆も僕を責めるどころか優しい言葉をかけてくれた。

僕はこのとき、僕が思うのもちょっと違う気がするけど、仲間の絆が深まった気がして嬉しかった。

ありがとうと四人にお礼を言った、その刹那、ともえさんが僕の腕を摑み、

「来たわよ」

一瞬にして緊迫した空気に変わった。僕は座ったまま彼を待つ。

平瀬はゆっくりとした歩調でやってきて、僕たちの前に立ち止まるや否や、

「お前の大好きな絵の具、持ってきた」

僕はハッと彼のほうを見上げた。

僕には本当か嘘か分からない。彼がまた意地悪をしているような気がしたから。

反応に困っていると、

「それ、屋敷にあったの？」

ともえさんが彼に尋ねた。

どうやら本当らしい。それにしてもよく絵の具があったなと僕は思う。まったくの

偶然だろうけど、偶然じゃないような気もした。

彼は黙っている。

ともえさんが萎縮している気配がした。

言葉遣いが許せなかったのか彼女に鋭い視線を向けているのかもしれない。

「お前が描いた絵が見てみたい。そうだな、藤木を描いてみろ」

僕に迷いはなかった。

「はい」

返事をすると僕の前にドサッと乱暴に何かが置かれた。

絵の具セットに、パレット、それにスケッチブック。いつも僕が持ち歩いている三点セットだ。

自信のある僕は勇気を振り絞って言った。

「彼女の絵を描けたら僕も皆と一緒に収穫の仕事をしてもいいですか？」

彼は答えない。そんなことよりも早く描けと言わんばかりの空気だ。

勝手に許可が出たと判断した僕は立ち上がり、

「描きます」

改めて彼に言った。

「水を使いたいので檻の扉を開けてください」

僕はこのとき奴隷という立場を忘れ〝絵描き〟になり切っていた。

キキキーと金属の軋む音がし、僕は檻の中に入る。モデルである彼女も一緒に中に入った。

僕は水道の傍でいったん腰を下ろし、二つ折りのパレットを広げる。

絵の具はチューブ式で、色は十五種類。

僕は適当に一つ手に取りパレットに出した。

いつものように右手の親指と人差し指で色を確かめる。いつも使っている絵の具とは違うけれど僕には分かる。

これは紫だ。今回は使わない。

僕は次々に色を確かめていくのだけれどなかなか肌色にたどり着かない。もしかしてないのだろうか、と心配したのだけれど最後のチューブが肌色だった。

描く準備が整ったとたん僕は身体中が火照《ほて》りだした。首筋の汗が僕の胸を伝う。もしも直接心臓に汗が落ちたとしたら、熱した石に水を垂らしたときのようにジュウと音を立てるだろう。

極度の緊張の中、僕は彼女を自分の前に座らせた。

ともえさんを描くのは約九年ぶり。今日で二度目だ。むろん顔に触れるのも今日が二度目。

「お願いします」

僕は彼女に顔を向けられなかった。もともと彼女の目は見られないのだけれど。

「リラックスしてていいから」

僕は自分にもそう言い聞かせた。

「うん」

ともえさんも妙に緊張している様子だった。

僕は震えながら左手を彼女の顔にゆっくりと伸ばす。指先が肌に触れた瞬間心臓がドクンと波打った。

最初に触れたのは頬だった。卵みたいな綺麗な肌。うっすら産毛が生えているのが分かる。

顔の輪郭はシャープで、昔の面影はまったくないと思った。昔は全体的にポチャッとしていてまん丸顔だったのに。

鼻もそうだ。こんなにも高くて、鼻筋が通っていただろうか。

一番ドキドキしたのは唇を触るときだった。厚くて弾力のある唇。僕はそんなつもりないのに頭が勝手に変な妄想を膨らませる。僕は平静を装うのに必死だった。

眉毛は少し手入れをしているみたい。

目を触るときは瞳に触れぬよう細心の注意を払った。

想像したとおり優しい目をしている。目だけは昔のままで何だか安心した。

一とおり触れた僕は、ずいぶんと大人っぽい顔つきになったなあと思う。僕の指先に残っているのは幼い頃の彼女だし、中学三年生になるのだから当たり前か……。

髪の毛はショートで、可哀想に少しベタついている。女子だけでも早くこんな生活を終わらせてあげたいと思う。

彼女の顔を脳にインプットした僕は肌色の絵の具に少し水を垂らし輪郭から描き始

めた。

指先に神経を集中させ、いつもより丁寧に。

僕は平瀬正勝に認めさせたいという思いよりも、彼女を綺麗に描いて喜ばせたいという思いのほうが強かった。

各パーツの特徴を出し、できるだけ繊細に描いていく。笑顔の彼女を想像しながら。人の顔を描くとき、僕は大抵一時間程度で完成させるけれど、この日は倍近くの時間を使った。それでも疲労感はまったくない。むしろ幸福感で溢れている。

僕は顔を描き終えた時点で平瀬に作品を見せるつもりだったけれど完成とは告げず、続けて彼女の上半身を描写した。

他の班の貴族役、奴隷役、全員が僕の姿に釘付けになっている気配がする。

つまり僕が描いている間奴隷役の皆は休息することができる。

僕は顔と同様、たっぷり時間を使って上半身を描くことにした。

彼女が今着ているのは黒い奴隷服だ。

僕は黒という色が好きではない。だから僕はできるかぎり黒を使いたくはない。髪の毛や眉毛は仕方ないけれど、それでも黒が強調されないよう水で相当薄めて表現した。

　もし服を黒で描いたら服ばかりが強調されて全体的に暗いイメージになってしまうだろう。それでは作品が台無しになってしまうし、何より縁起が悪い。

　僕は黒は使わずあえて白を使った。

　僕の中で白は綺麗で爽やかなイメージだ。彼女にはぴったりの色だ。

　僕はじっくり時間をかけて上半身を描いていく。丁寧すぎて逆に不自然だけれど僕は構わなかった。

　腕の部分に差し掛かった頃、

「いつまで描いてる。もういい」

　平瀬のいる位置から僕の絵は見えないはずだけれど、とうとう痺れを切らしたようだった。

　もう少しです、と言っても彼には通用しなかった。

「もういい。見せてみろ」

　僕は逆らうことはせず作業を止めスケッチブックを前に差し出した。

　檻の中に入ってきた平瀬が僕の作品を乱暴に奪った。

「どう、ですか」

緊張交じりに訊いた。

彼は何も言わない。

重苦しい沈黙が続く。

平瀬は僕の作品を見てどう感じているだろうか。

皆僕の絵を上手上手と言うけれど、僕は自分の真の実力が分からない。皆僕に気を遣って言っている可能性が高いから。

僕は平瀬の評価が怖いけれど、本当の実力を知れるいい機会でもあった。

だからいつもとは違う緊張感がある。

僕は彼の表情が分からないから心の中も読めない。

彼は依然黙ったままだ。

素直に評価したくないということだろうか、それとも評価に値しないということだろうか。

結局平瀬は絵の評価はせず、

「なぜ服の色を変えた」

と言った。

「僕は黒が好きではないからです。僕の中で黒は不幸とか絶望っていうイメージがあって、できる限り黒は使いたくないんです。白なら皆の気持ちも明るくなるでしょう？」

真面目に話したつもりなのになぜか彼は鼻で笑った。

「黒澤って名前なのに？」

そういう言い方をされると妙に深く突き刺さるものだ。

「それは……」

「名前は関係ないだろう！」

隣の檻にいる直人が叫んだ。

「そうよ関係ない」

ともえさんも平瀬の発言を真っ向から否定した。

「これで分かったでしょう。約束どおりクロちゃんも収穫作業に参加させるから」

だからちゃんと食事も与えてよ、と彼女は言わんばかりであった。

平瀬の反応はない。僕たちに視線を向けているのかそれとも絵を眺めているのか僕には全然分からない。

突然彼女が僕の手を握り、

「行こうクロちゃん。大谷くんたちも行こう」

と言った。

それでも彼は黙ったままだ。僕は勝手な行動をとって大丈夫なのだろうかと心配になりながらも、ともえさんたちと一緒に檻の中から出た。

3

土の香りと葉っぱのいい匂いがする。その中に混じって——これは花だろうか。今までかいだことのない臭いがする。

どうやら収穫畑にやってきたらしい。

桃色の花が一面に咲き、緑の葉がたくさん生えている風景を僕は脳裏に浮かべる。リアルな桃色と緑が分からない僕は頭に浮かべる映像もリアルではないだろうけれど、綺麗だなあと思う。

僕は大好きな植物を感じるだけで心が安らぐ。目の前に広がる光景を絵にしてみたいなと思った。

「ありがとねクロちゃん」

僕の隣にいるともえさんが唐突に言った。

「私の似顔絵を描いてくれて。とても上手に描けてたわよ」

できれば平瀬正勝の口から聞きたかったと思う。

「ありがとう」

「もっと楽しい雰囲気で描けたらよかったのにね」

僕は心の底からそう思う。

「そうだね」

「それにしても驚いた。まさか平瀬が絵の具を持ってくるなんて」

僕は彼の様子が気になり、

「彼は今どうしてるの？」

ともえさんのほうを向いて聞いた。

「ずっとクロちゃんの絵を見てる。変な奴」

「どんな、表情？」

「相変わらずの無表情。ホント気味悪いわ」

憎しみを込めたような言い方だった。

「ずっとあのまま突っ立っとけよ。そしたら俺たち労働なんてしなくていいんだからさ」

浜野潤也が言った。

「それにしても凄いよなあ。どうして目が見えないのに絵が描けちゃうんだよ」

大橋尚真の声だった。平瀬正勝について考えていた僕は自分が褒められていることを知りハッとなった。

「絵を描くのも凄いけどさあ、絵の具を触っただけで何の色か分かっちゃうのも凄《すげ》えよなあ。どうして分かるんだよお」

「クロちゃんは天才なの。凡人が天才を知ろうとしても無理よ」

ともえさんが大谷拓也に言った。

「ね？　クロちゃん」

「天才だなんて」

「ううん天才よ」

後ろにいる三人も彼女の後に続き僕を天才だと褒め称《たた》える。

恥ずかしいからもうやめて、と思うけれどなおも四人は僕を褒め続ける。

そんな中、僕は何気なしに桃色の花に触れてみた。

桜みたいに薄い花びらだけれど形が全然違う。そもそも枝から咲いている花じゃない。長細い茎から咲いている花だ。

形は一瞬チューリップに似ているかなと思ったけれど、触れば触るほどチューリップとは似ていないと思う。似ていたとしても手触りが違いすぎる。

これはいったいなんだろう？　恐らく初めて触る花だと思う。香りだって僕の記憶にはない。

桃色の花に触れながら前方に進んでいくとふと別の感触に変わった。

葉だ。緑の葉。

紅葉のように手のひら状の葉。

縁がギザギザしていて特徴的だけれど、これはいったいなんだろう？

葉のほうも、生まれて初めて触ったと思う。

植物が大好きな僕でも、だ。

「おい平瀬の奴が屋敷に戻っていくぞ」

三人の誰かが言った。僕は誰が言ったか分からないくらい植物に没頭しており、困惑している。

「このまま戻ってこなきゃいいのにね」

ともえさんの言葉が現実になった。平瀬正勝はこの日なぜか畑には一度も姿を現さなかった。


収穫した植物を屋敷の裏庭に運びに行っていた大谷拓也と浜野潤也が檻に戻ってきた。

この日、平瀬がいないとはいえ僕たちは何もしないわけにはいかなかった。サボっていたのがバレたら何らかの罰があるだろうから。

むろん僕も皆と一緒に桃色の花と緑の葉っぱを収穫した。目が見えなくてもそれくらいはできる。足手まといにはなっていないと思う。

「お疲れ。なあなあ、あいつどんな感じだった？」

大橋尚真が二人に訊いた。

「カーテンを閉め切ってるから全然分からなかった」

浜野潤也が答えた。

「あいつにはマジで気をつけたほうがいいぜ」

檻に戻ってきた直人が真剣な声色で言った。相当コキ使われたのか声が疲れ切っている。

「勝手に喋るな」

直人の班の貴族役である髙村壮の声だった。

E班の奴隷役が全員檻に入ったのか、扉が閉まる音がした。

「あいつ絶対何か企んでやがるぜ」

直人が僕たちにそっと言った。僕もそう思う。僕は何となく、僕に対する意地悪を考えているような気がしてならない。彼は僕のことが気に食わないようだから。

それからしばらくして髙村が戻ってきた。

「奴隷たち、夕食だ。ほれ、ほれ」

どうやら食料を地面に放っているようだ。僕は髙村の言動と笑い声に鳥肌が立った。

「有り難く思え」

そう言い残して髙村は去っていった。

僕はこのとき、気をつけるべき人物は平瀬ただ一人ではないと改めて思った。髙村壮は人間を人間とも思っていないのだから。

「俺たちも早く何か食いてえなあ」

浜野潤也が力のない声で言った。僕はうんと頷くけれど、心の中では期待していない。何となく今日の夜は何も与えてもらえないような気がする。

僕の予想は残念ながら的中した。

やはりいくら待っても平瀬正勝はやってこず、僕たちは水だけで夜を過ごした。


目が覚めた瞬間、僕は猛烈な空腹感に襲われた。皆も空腹で目が覚めたのかもしれない。お腹が空いた、お腹が空いた、と仲間たちの弱った声が聞こえてくる。

昨日の朝から何も食べていないのだから当然だ。

僕は、今日も何も与えてもらえないのではないかという不安がよぎる。彼ならやりかねないと思った。

僕はふと寒さを感じ身を縮めた。

脂肪が少なくなっているせいか、それともただ単に気温が低いだけなのか。太陽が出ていないのは確かなようだけれど。

僕は一刻も早く平瀬正勝が食料を持ってきてくれることを祈る。このままでは皆本当に倒れてしまう。

「平瀬が来たぞ！」

僕はとたんに気を張り詰めた。

「よかった、食料持ってる」

浜野潤也が心底安心した声で言った。

僕は祈りが通じたと思った。僕は正座して彼が檻の前にやってくるのを待った。

やがて平瀬が檻の前で足を止めた。皆起きているのに鉄格子をカンカンと鳴らし、檻の扉を開いた。

「朝食だ。五人分ある」

僕はそれを聞いて安心した。

意外にも彼は一人ひとりの下に歩み寄り食料を渡している。

どうやら僕が最後らしい。

やがて平瀬が僕の前で立ち止まった。

両手を差し出すと、平瀬がこう言った。

「お前は言ったな。黒が嫌いだと」

僕は戸惑いながらも、

「嫌いというか、好きではないんです」

「黒を使いたくないんだろう」

「できれば使いたくありません」

彼が何を言わんとしているのか分からず僕は正直に答えた。

そのときだった。遠くのほうからバタバタと羽の音が聞こえてきた。

僕はすぐに鳥だと分かるけれど、何の鳥かまでは分からない。

やがて上空からガーガーと鳴き声がした。目の見えない僕に正体を告げているかのように。

「カラスを描け。描けたら食料を与えてやる」

今思いついたような感じではなかった。最初から決めていたような口ぶりだった。

そういうことかと僕は納得した。

彼はどうしても僕に黒を使わせたいらしい。むろん僕が黒を使いたくないと言ったからだ。

昨日屋敷に戻ったきり僕たちの前に姿を現さなかったのは、僕に黒を使わせる方法をずっと考えていたからなのではないか。僕はそんな気がしてならない。

黒澤を困らせたい、嫌がらせをしたいという彼の執念がカラスを呼び寄せたのかもしれないと僕は思った。

カラスは黒だ。それは紛れもない事実だと思う。ずっとそう教えられてきたから。

果たして別の色のカラスはいるのだろうか。

仮にいたとして、僕はカラスに触れたことがないからカラスのリアルな大きさや姿が分からない。くちばしが異様に大きいという情報しか知らない。

昔鷹の剝製をモデルにして絵を描いたことがあるけれど、鷹とカラスは全くの別物だろう。

僕は正直に言うしかなかった。描けないものは描けないのだから。

「すみません。描けません」

断ると、彼が無言のまま僕に迫った。

右手の甲に強烈な痛みが走った。恐らく鉄の棒でやられたのだと思う。僕は痛みに耐えきれず白杖をその場に落とした。うずくまる僕に彼が言った。

「カラスは黒だ。さあ早く描け！」

彼はひどく興奮している。何が何でも黒いカラスを描かせてやるという執念に取り憑かれているようだった。

「貴族の命令だぞ」

今度は背中に痛みが走った。うつ伏せに倒れても彼は容赦なく僕を殴り続ける。だんだん殴られている部分が麻痺し始めた。

僕に抵抗する術はない。彼が許してくれるまで耐えるしかなかった。

「お願いだからもうやめて！」

ともえさんが泣きながら僕の上に覆い被さった。

「いいんだ、僕は」

「ダメ死んじゃうよ！」

「どけ邪魔だ」

鈍い音がしたと同時に僕は彼女の全身に衝撃が走ったのが分かった。相当な痛みだったに違いない。それでも彼女は声一つ上げなかった。

僕は全身がカッと熱くなった。許せないと頭の中で叫んだ。

「ふざけるなテメエ！　ぶっ殺すぞ！」

冷静さを失っていた僕は一瞬平瀬が怒声を放ったのかと思ったが違った。

隣の檻にいる直人だった。

「殴るなら俺を殴れ！　俺はここだ！　こいクソ野郎！」

ダメだ。直人、これ以上彼を怒らせてはいけない。危険すぎる！

心の中で叫んでも直人には届かず、直人は平瀬を挑発し続けた。

平瀬の動作が止まったのが分かった。

直人に視線を向けているに違いなかった。

平瀬が歩き出した。足音が遠ざかっていく。

「黙れ」

鈍い音が聞こえてきた。

僕は直人がどこを殴られたのか分からないから余計に恐ろしかった。

直人の声が聞こえてこない。

あまりの痛みに声が出ないのか、それとも気を失ってしまったのか。あるいはまさか……。

なぜ逃げなかったんだ。君は檻の中にいるじゃないか。

「こんな、もんかよ……」

今にも消え入りそうな声。

直人の声を聞き僕は最悪の事態は免れたと安堵した。

もういい直人。お願いだから彼を挑発しないで。早く逃げて。

「黙れ」

平瀬が鉄の棒を振りかざす姿が脳裏に浮かぶ。

やめてと叫ぼうとしたそのときだった。

「それ僕の飼ってる奴隷なんだけど」

髙村壮の声が聞こえてきた。奴隷役を扱うときの愉快な様子はまったくなく、とても不機嫌な声だった。

僕はすぐに二人の因縁を思い出す。

高村が平瀬に対し好意を抱いていないのは確かだ。

「それで奴隷が使えなくなったらどうする気？」

平瀬の様子が分からない僕は背筋が凍り付いた。

いけない、忘れてはならないよ、と僕は心の中で高村壮に言った。

「使えなくなったら捨てればいい」

僕の想像とは裏腹に平瀬は冷静だった。

「しょせんは奴隷なんだから。そんなことより――」

平瀬は高村に間を与えず、

「本当は僕が気に食わないから突っかかってきたんだろう」

図星を指されたのか微妙な間があいた。

「なんだって」

「君のことを知らないと言ったから。仕方ないよ。知らないんだから」

「……」

「僕が君の奴隷に罰を与えたのがどうしても許せないのならやり返せばいい。この中から好きに選んで好きなだけ罰を与えればいい」

僕は平瀬の言動に戦慄した。

髙村は黙っている。獲物を選んでいるのかもしれないと思うと心臓が震えた。

彼ならやりかねない。

僕は覚悟を決めていたのだけれど。

「やらないの？」

平瀬が髙村に問うた。

「……」

「それじゃあつまらないといった顔だね。なら僕にやられた奴隷にやらせるというのはどうかな」

平瀬はそう提案すると、

「お前でいい。来い」

と言った。

僕は自分が選ばれたのだと確信した。

立ち上がろうとした刹那、

「俺？」

大谷拓也が訊き返した。

「早く来い」

平瀬に適当に選ばれた大谷拓也が檻から出たようだった。

絶対嫌に決まっている。それでも彼は一切反発しなかった。

それから数十秒間沈黙が流れた。

平瀬が早くしろと髙村に目で訴えている気配を感じる。

「出ろ！」

挑発を受けた髙村が直人に命令した。

直人のほうも反発せず檻から出たようだ。

「こいつを殴れ！」

髙村が直人に叫んだ。

直人は返事をしない。

命令を聞くわけがないと僕は思った。

僕には直人の姿がはっきりと見える。

直人は恐れていない。迷ってもいない。強い意志を持って真っ直ぐ前を見つめているはずだ。

直人が殴るわけがない。理由もなしに仲間を殴れるわけがない。

僕はそう思う一方で直人が心配でたまらない。命令に逆らったらどうなってしまうのか……。

「早く殴れ。殴れ！」

高村が激昂しても直人は従わなかった。

「お前がやれば殴るかも」

平瀬の声だ。

僕はただただ最悪だと思った。

「やれ、殴ってみろ」

大谷拓也が困苦しているのが分かる。すると直人が言った。

「俺は大丈夫だから」

「でも」

「早く殴れ」

一分近く経っただろうか。かすかにドンと音がした。

「腕じゃないだろう。顔だよ」

「顔は……」

「早く」

沈黙を破るように、パチン、と音が聞こえた。

僕はその軽い音に安堵した。ただ平瀬が許すかどうかが問題だった。

「まあいい。じゃあ次はお前の番だな」

直人は黙ったままだ。

平瀬は強要せず早々と、

「オワリ」

と言った。愉快そうな声色で、何となく僕は高村を嘲笑しているような気がした。

平瀬が大谷に戻るよう指示すると、高村も直人に戻るよう命令した。高村は平瀬とは対照的にとても不機嫌で、ガシャンと大きな音を立てて檻の扉を閉めた。もしかしたら蹴って閉めたのかもしれない。

どうやら平瀬と髙村が去ったらしく、

「ごめん山崎」

大谷拓也が言った。直人は落ち込む彼を気遣い、

「気にするなよ」

優しく言った。

それからしばらくして僕たちは朝食を食べた。僕のぶんはなかったけれど四人が僕に分けてくれたのだ。お腹が空いているとはいえ殴られた痛みと心の痛みで僕は正直食事どころではなかったけれど、有り難く食べた。

朝食を食べ終えると平瀬が計ったようにやってきて収穫の仕事をするよう命令した。

意外にも彼は僕にも畑に行くよう指示した。

刃向かってきた髙村を負かしたと思っているのだろうか。とにかく彼は妙に機嫌がよかった。僕がカラスを描かなかったことなど忘れているかのように。あの騒動のきっかけは僕なのに。

午前中は二時間ほど植物の収穫を行っただろうか。いつもならぶっとおしだけれどこの日は昼休憩と昼食を与えられた。朝とは違い〝五人分〟だった。

一日の仕事を終えると平瀬は例によってともえさんを呼びつけた。

いつも以上に拘束時間が長かったけれど、彼女は五人分の食料を持って戻ってきた。

依然平瀬は機嫌がいいらしく僕は安堵するけれど、直人たちのことを思うと夕食を食べる気になれなかった。

直人たちの班だけ夕食が与えられていなかったのだ。


何もかも僕のせいだ、と思った。

あんな騒動を引き起こさなければ直人たちは苦しむことはなかったのだから。

早く彼らにも食事を与えてほしいと思うとともに、僕は平瀬と高村の仲が修復するのを切に願った。

それからすぐのことだった。

「出てきたぞ」

浜野潤也が言った。僕はこのときてっきり平瀬かと思ったのだがそうではなかった。

高村壮が屋敷から出てきたようなのだ。

やっと食事を持ってきてくれた、と僕は安堵したのだけれど、どうやら高村の手には何もないらしい。

それなら彼はいったい何の目的でやってきたのだろう、こんな夜に。

僕はもう悪い予感しか抱けなくなっていた。

「山崎」

高村が直人を呼んだ。依然不機嫌な声だ。

「出ろ。屋敷に来い」

直人は理由を訊かなかった。恐らく僕たちに言ったのだと思う。「大丈夫」と言い残して檻から出ていった。

「どうしたんだろう、直人だけ」

朝の件があるから余計に不安だ。

「正直僕は彼が怖いよ。直人にいったい何をするのか」

「大丈夫」

ともえさんが僕の手を握って言った。

「大丈夫よ絶対」

僕はそう信じるしかなかった。檻の中にいる僕たちには何もできないのだから。


あれから一時間近く経っただろうか。

さすがの僕でもこの位置からでは屋敷の扉が開く音は聞こえない。なのに不思議と屋敷の扉が開いた気がした。

「直人？」

その直後、四人が同時に声を上げた。直人が戻ってきた、と。

後ろには髙村の姿があるらしい。僕は小さな声で、

「どんな様子？　怪我とか、してない？」

恐る恐る訊いた。

「してないと思う。でも何か様子がおかしい」

ともえさんが言った。

「どういうこと」

「意識がボーッとしてる感じ。足もフラついてる」

「鉄球がついてるのに？」

「足枷がついているのを忘れているような、そんな感じなの」

怪我はしていないらしいけれど、僕は直人が高村に暴力を受けたのだと確信した。朝命令に逆らったから、足元がフラつくほど殴られたのだと思う。

やがて檻の扉が高村によって開かれ、直人が中に入ったのが分かった。

どうやら鉄格子に寄りかかったらしく、ゴーンと鈍い音が響いた。その直後扉の閉まる音がした。朝とは違い静かだった。

高村壮は最後まで無言だった。さっきまであんなにも不機嫌だったのに。乱暴な態度で直人に命令していたのに、だ。

直人を思う存分殴って気分が晴れたのだろう。僕は胸が張り裂ける思いだった。

むろん僕には高村の表情は見えないけれど、何となく笑ってる気がする。

僕は彼が許せないけれど、僕たちは耐えるしかない。気持ちを静めるしかない。もう少しの辛抱だと自分に言い聞かせて。

ふと直人の吐息が聞こえてきた。どうやら口で呼吸しているらしく、体力も気力も全て奪われたような、そんな呼吸の仕方だった。

「何されたの直人？」

ともえさんが訊いても直人はすぐに答えなかった。

「心配すんなよ、大丈夫だよ」

意識が朦朧《もうろう》としたような喋り方で、僕はこのとき、もしかしたら何かで頭を強く殴られたのではないかと思った。

それを確かめると彼は、頭は殴られていない、と否定した。

それならどこを殴られたの？　と尋ねても直人ははぐらかすばかりで、急に反応すらなくなったと思ったら、

「眠っちゃった」

ともえさんが言った。

耳を澄ますと、スースーと直人の寝息が聞こえてくる。罰を与えられたあととは思えないほど気持ちよさそうに寝ている。心地よい夢を見ているのではないかと思うほ

どに。

僕は寝ている間も直人が心配で、目覚めるなり直人に声をかけた。

正確な時間は分からないけれど陽が昇っているのは確かで、直人はすでに起きていた。

「大丈夫だよ伸也」

大丈夫というわりには何だか怠《だる》そうな声だった。また、昨晩と今朝とでは何だか別人のようにも感じられた。

間もなく直人たちのいる檻に高村壮がやってきた。

「朝食だ。ほれ、ほれ」

いつもと同じように食料を地面に放っているらしい。どうやら今日はとても機嫌がいいようだ。

安心したのも束の間、

「山崎、お前の食事は屋敷に用意してある」

高村が直人にそう言った。

別の意味が含まれているのは明白で、直人が殴られる姿が脳裏をかすめる。

どうして直人だけそんな執拗《しつよう》に……。

「待ってください」

僕は堪らず彼を呼んだ。

反応はなく、高村は檻の扉を開けると直人にもう一度、

「来い」

と命令した。

直人が立ち上がったのが音で分かった。

「直人……？」

声をかけると、

「大丈夫、心配するなよ」

きっと微笑みながら言ったのだと思う。僕にそう思わせるほど優しい声だった。

それからすぐ平瀬正勝がやってきて、ともえさんを連れていった。

今朝はいつもより拘束時間が短く、僕たちは檻に戻ってきた彼女から食料を受け取り朝食を食べた。僕は直人のことが心配であまり食欲がなかったけれど、それでも食べた。

朝食を食べ終えると再び平瀬がやってきて収穫の仕事をするよう命令した。

僕は素直に檻から出て、ともえさんと一緒に畑に向かうけれど、当然仕事どころではない。

どうやらまだ直人は解放されていないらしい。殴られていると思うと気が気でなかった。それでも僕たちは平瀬の命令どおり動かなくてはならない。僕はともえさんの横で未だ正体の分からない植物を黙々と収穫した。

それからしばらく経ってのことだった。

「ほらそこ、口じゃなくて手を動かして」

語気を強めて言ったのはC班の貴族役である所だった。

僕はこのとき、いや僕だけじゃないはずだ。

誰もが所の微妙な変化を感じ取ったに違いない。

本人は意識しているのか、それとも無意識だったのか。それは定かではないけれど明らかに最初の頃とは違う。

彼はあくまでこのシミュレーションを終わらせるために仕方なく班の奴隷役に収穫の仕事をやらせていたはず。

それがここへ来て急に態度が変わった。

最初は学級委員らしく、まるでクラスの生徒に指示しているような雰囲気だったけれど、今は奴隷役である仲間を格下に見ているようなそんな言い方だった。

意識的であっても、無意識であっても、この環境がそうさせたのだと僕は思う。

一方、二ノ宮が貴族役であるA班は相変わらずだった。

一応皆収穫の仕事をしているようだけれど、萩野順平が文句を言っている。

耳を澄ますと、

「いったいいつまで続くんだよこんな生活。なあご主人様よお！」

という声が聞き取れた。

二ノ宮はきっと何かしら返事をしたのだろう。

「あ あ？　聞こえねえよ。何だって？」

萩野が乱暴な言葉で訊き返す。

「はい……」

辛うじて聞き取れた。

その一言だけで相当怯えているのが分かる。

「こんな面倒くせえことやりたくねえんだよ」

何日もこの生活が続いていることで萩野はかなりストレスが溜まっているようだ。

最初の頃よりも二ノ宮に対するあたりがきつくなっているように思えた。

「もうやんなくていいだろこんなの！」

「でも、やらないと終わらないから」

二ノ宮の震えた声。

これではまるで二ノ宮が奴隷役で萩野のほうが貴族役だなと思う一方、これが当たり前なんだと僕は思う。

貴族役と奴隷役に分けたところで学校での立場が逆転するはずがないし、いくら強制的とはいえ役になり切れるはずがない。平瀬正勝と高村壮が異常なだけで、二ノ宮と萩野の関係が当たり前なんだ。

それにしてもまだだろうか、と僕は思う。

今、高村の屋敷で何が行われているのか。

まさか直人の身に何かあったのではないだろうか。

いくら何でも長すぎる。


直人が戻ってきたのは夜、僕たちが食事をしているときだった。

十二時間は拘束されていたと思われる直人は昨晩と同様足元がフラついているらしく、目が虚《うつ》ろとのことだった。

後ろには高村の姿があるようで、覚束《おぼつか》ない足取りの直人をただじっと眺めている、とともえさんが言った。

やがて檻の扉が開く音がして、直人が中に入ったのが分かった。昨晩と同様直人は鉄格子に勢いよくもたれかかったらしく、周囲に鈍い音が響いた。

「やあ皆久しぶり」

同じ班の皆に言っているらしい。間延びした声で、高村がまだ傍にいるはずなのにまったく緊張感がなかった。

言葉だって明らかにおかしい。どういうつもりで久しぶりと言ったのか。

「皆ご飯は食べた？」

まだ夕食を与えられていないことくらい分かっているはずだ。

高村が檻から出たらしく、扉の閉まる音がした。

髙村の足音が遠ざかっていく。

鉄格子に寄りかかっていると思われる直人が気持ちよさそうにフゥーと息を吐いた。

「伸也、伸也」

直人が僕に手を振っているような気がした。

「直人どうしたの？　大丈夫？」

心配しても僕の気持ちは伝わらなかった。

「何を心配してるんだよ伸也。あ、今日は満月だ。もの凄く綺麗だぜ」

今まで直人は僕に月が綺麗だなんて言ったことがない。僕が月を見ることも触れることもできないことを知っているから。

「それにめちゃめちゃ土のいい香りがするなあ伸也」

僕は直人の言動に言葉を失っていた。

直人は自分の置かれた状況や立場を忘れているというよりも、自分そのものを忘れているような感じだった。

土のいい香りがするなんて、今まで言ったことないじゃないか。そう言っていたのは僕のほうだろう？

僕には、髙村に殴られすぎて直人が変になってしまったとしか考えられない。

でも本当にそうなのだろうか。

「直人、ねえ何があったの」

僕が訊いても直人は答えなかった。何か独り言をつぶやいている。

何を言っているのか尋ねると直人はクスクスと笑い出し、もう一度問うと今度は急に静かになった。

皆に直人の様子を尋ねると、眠っちゃった、とともえさんが言った。

やがて直人のイビキが聞こえてきた。いつもの直人だと思えるのは眠っているときだけだ、と僕は思った。

ずっと直人のことを考えていた僕はいつしか眠りに落ち、気づいたときには朝を迎えていた。

「おはよう伸也」

隣の檻から直人の声がした。その声を聞いたとき、僕はまだ夢の中にいるのではないかと思った。

なぜなら昨晩の出来事がまるで嘘だったかのように、直人が元の直人に戻っていたからだ。

そういえば昨日もそうだった。朝になると普段の直人に戻っていた。

直人の中に別の人間が棲んでいるんじゃないか。

あるいは高村が直人に魔法のようなものをかけて操っていたんじゃないか。朝になるとその魔法が解ける仕組みになっているんじゃないか。

バカバカしいかもしれないけれど僕は本気でそう思った。

「直人、大丈夫？」

僕はただただ心配しているだけなのに、直人は何について言われたと思ったのか急に狼狽《うろた》えだした。

「どうしたの？」

直人は平静を装い、

「大丈夫だよ」

と言った。

「ねえ、屋敷の中で何があったの」

核心に触れると直人は黙り込んでしまった。

それからすぐ髙村がやってきて、

「ほれほれ食え奴隷ども」

いつものように食料を地面に放ると、

「山崎、お待ちかねの食事だ。来い」

含みのある言い方で直人を檻の中から連れ出した。

直人と髙村が屋敷に向かうと、入れ替わるようにして平瀬正勝がやってきた。

彼はいつものように料理係のともえさんを呼び、三十分ほどで彼女を解放した。

僕たちは彼女から朝食を受け取り、食事を終えると平瀬の命令で畑に向かった。

ともえさんの隣でピンクの花と緑の葉を収穫していると、

「もうマジ無理！　やってらんねえよこんな生活！」

また始まった、と僕は思った。萩野順平だ。

昨日の続きのようだけれど、心なしか昨日よりもイライラが増しているような印象を受けた。

「私だってもう我慢の限界だよ！」

聞き慣れない女子の声だった。

「もう嫌！　ずっと檻の中だし、トイレだって本当無理。お風呂だってないし布団もない。ご飯も最悪！　働くのも嫌！　毎日毎日朝から晩まで！　いったいいつ終わるのよ」

発狂に近かった。今にも暴れ出しそうな勢いだ。

二人が怒りを爆発させたことにより他の奴隷役の怒りの導火線にも火がついた。

方々から不満の声が上がりだし、中には貴族役に対する文句も聞こえてくる。

僕は奴隷役の皆が暴動を起こすのではないかとハラハラした。

「落ち着いて、お願いだからもう少しだけ我慢して！」

僕が叫んでも無駄だった。皆の声に掻き消されてしまう。

「おら！　何とか言えよ。お前は俺たちのご主人様なんだろ？　ああ！」

萩野の声が際だって聞こえてくる。

「おら二ノ宮！　おら！　おら！」

いけない。僕は心の中で叫んだ。

暴力を振るっているのではないか。

ともえさんにそれを確かめるとやはりそうだった。

萩野が二ノ宮を小突いたり蹴ったりしているらしい。萩野の後ろにいる奴隷役たちも便乗して二ノ宮に土を投げているようだ。

「早く止めないと」

彼女に言った、そのときだった。

「何だテメエ、もう一度言ってみろ！」

一瞬にして辺りが静まり返った。

僕はこのとき、二ノ宮が萩野に何か言って、それで萩野が怒声をぶつけたのだと思っていた。

「早くこの奴隷たちを黙らせろと言ったんだ」

平瀬の声だった。興奮する萩野とは対照的に平瀬は冷厳であり、きっと氷のような冷たい目で萩野を見ているに違いなかった。

「他の班の貴族は黙ってろや！」

「いつまで奴隷たちに好き勝手させる気だ」

平瀬は萩野を無視して二ノ宮に話しかけている。見かねてというよりも呆れているといった感じだった。

「君は貴族だ。こいつら奴隷より偉いんだ」

「お、おい。なんだよ」

平瀬が萩野に歩み寄っている？

「おい！　何だってんだよ」

「奴隷が命令に逆らったら――」

次の瞬間萩野が叫び声を上げた。

「痛めつければいいんだ」

僕はとっさにともえさんの袖を摑み、

「殴ったの？」

恐る恐る問うた。

「違う」

彼女は震えながら、

「ナイフで腕を切りつけた！」

僕は血の気が引いた。

「ナイフ……」

痛え痛えと萩野が叫ぶ中、

「こうすれば言うことをきくだろう。遠慮はいらない。奴隷には何をしてもいいんだ。人権なんてないんだから」

平瀬の傍にいる人間がジリジリと後ずさっているのが分かる。

「何が人権なんてねえだナメやがって……」

萩野が反抗的な態度に出ても平瀬は何も言わない。動いている気配もない。それでも何も見えない僕はこの沈黙が不気味だった。

「てめえ二ノ宮！」

萩野が静寂を切り裂くように叫んだ。

「何こっち見てんだよオラ！」

どんな目で、どんな心境で二ノ宮は萩野を見ていたのだろうと僕は思った。

萩野に威嚇されても二ノ宮は無言のままだ。

「おい、こんなことしてタダで済むと思うなよ。ここから出たらぜってえぶっ殺してやるからな！」

やめて。それ以上彼を刺激しないで。

僕は何も見えないから余計に怖かった。再び平瀬が萩野に切りつけるのではないかと。

「大丈夫」

ともえさんが僕の不安を察したように言った。

「屋敷に戻ってく」

それを知った僕は心底安堵した。

萩野のほうは平瀬の後ろ姿を睨みつけているらしい。喚《わめ》き散らしただけでこの場で仕返ししないのは、右足に足枷がついていて動きが鈍いからではなく、平瀬が本当に危険な人間であるということを認識したからだ。

僕も改めてそう思った。

この日の夜は水を打ったように静かだった。檻の中に二十人以上の奴隷役がいるなんて嘘のように。

皆平瀬に怯えている。平瀬は屋敷の中なのに。

平瀬に腕を切りつけられた萩野も黙っている。いや檻の中ではブツブツ不平不満を並べているかもしれないが。

聞けば彼の傷は大したことはなさそうなので安心した。

気がかりなのは貴族役の二ノ宮だ。どうやらまだ夕食を配りに来ていないらしい。

こんなこと初めてだし、何よりもあんなことがあったあとだから余計に心配だ。

もっと心配なのは直人だ。

夜だというのにまだ帰ってきていない。

昨日もそうだったけれど、こんな時間までいったい何をしているというのだ。

僕は今までずっと、高村からひどい体罰を与えられていると思い込んでいたのだけれど、だんだん自分の考えが間違っているような気がしてきた。とはいえ他の想像が浮かばない。どう考えても体罰しか思い浮かばない。

直人はまたしても〝別の直人〟になって戻ってくるのだろうか。

早く戻ってきてほしいけれど、何だか怖い気もする。

僕は祈るような思いで直人を待った。

けれど昨晩とは違い、いくら待っても直人は戻ってこない。

もう少しすれば戻ってくるから、と自分に何度も言い聞かせているうちに眠ってしまったのだろう。気づけば朝を迎えていた。


僕は声で確かめずとも隣の檻に直人の姿がないことくらいは分かる。直人の空気を感じないのだ。

しばらくして足音が聞こえてきた。僕は足音だけで髙村壮であることを知った。どうやら直人の姿はないようだ。

髙村は四人の奴隷役に食料を与えている。声を聞く限り相当機嫌がいいらしい。

「あの、直人は」

いつものように無視されると思っていたのだけれど、

「とってもいい子にしているよ」

直人をまるでペットとして飼っているかのような言い方だった。

高村はそれだけ言って去っていった。

僕はすぐに呼び止めたのだけれど高村は立ち止まってもくれなかった。

高村の足音が遠ざかっていく。

ふと、バタンと屋敷の扉が閉まる音が聞こえてきた。

方向からして平瀬ではない。二ノ宮、佐伯、所の誰かが屋敷から出てきたらしい。

僕の耳にまで届いたくらいだからかなり強く閉めたようだ。

「おい二ノ宮！　何で食料持ってねえんだよ、ああ？」

萩野の怒鳴り声が辺りに響いた。

二ノ宮は何か言ったのだろうか。僕には聞こえない。

「まずは檻の扉開けろ！」

わずか二、三秒後、

「聞いてんのかおい！　開けろって言ってんだよ！」

もう一度萩野が命令した。

僕は二ノ宮が檻の前に立ち尽くしている場景を頭に浮かべる。

明らかに様子がおかしかった。

「ああ？　聞こえねえよ！　言いたいことがあるなら聞こえる声で言えや！」

皆が一斉に沈黙した。

僕は息を止めて耳を澄ます。苦しくなってきた頃だった。

「開けたくない」

細々とした声が聞こえてきた。

「なんだと？　どういう意味だコノヤロウ！」

「開けたらまたイジメられる。僕は貴族役なのに……」

「何が貴族役だ。分かったもうイジメねえから早く開けろや」

萩野が呆れたように言った。そのときだった。

「うるさいんだよ！」

叫び声と同時に銃声が鳴り響いた。

一瞬時が止まり、僕は腰が抜けたかのようにその場に崩れ落ちた。

銃が本物であると分かっていた僕は心の中で常に恐れていた。貴族役の懐には銃がしまってあるのではないかと。いつか誰かが引き金を引くのではないかと。

現実になってしまった。

いくら二ノ宮がひ弱とはいえ萩野は忘れてはならなかった。銃を隠し持っているかもしれないということを。

いやきっと、銃を手にしたのは今日が初めてなのだと思う。ずっと隠し持っていたなんて考えたくはない。

「撃たれたの……？」

恐る恐る四人に尋ねた。

かすかに、ううん、とともえさんの震えた声が聞こえた。

「空に、撃ったから」

言ったあと、彼女はドッと息を吐き出した。

安堵したのも束の間、

「お前のせいだ」

再び二ノ宮が叫んだ。極度の興奮状態に陥っており、突然女子が悲鳴を上げた。

もしや銃を向けた……？

僕は怖くて訊けなかった。

「お前のせいで僕は皆にバカにされる。お前がいなきゃ誰も僕をバカにしないんだ」

叫びというより絶叫に近かった。

「分かった、分かったから撃つな」

「……」

「撃たないでください」

萩野が二ノ宮の奴隷になった瞬間だった。

「出ろ！　ここから出ろ！」

二ノ宮が扉を乱暴に開けたのが分かった。

「何を……」

「早く！」

やがて扉の閉まる音が聞こえ、

「来い！」

二ノ宮が萩野に命令した。

いったいどこに連れていくというのか。

まさか屋敷の中で今までの仕返しをするつもりではないか。

あれやこれや悪い想像が脳裏をかすめた。次の瞬間、少し離れたところから声が聞こえてきた。

何を言っているのか分からないのだけれど、ひどく怯えた声だ。

間違いなく直人だった。

「勝手に出るなと言ったろ！」

髙村の声だ。まるでペットを叱りつけるような言い方で、なぜか妙に慌てている。

直人は髙村に何かを訴えているようだけれど、呂律《ろれつ》がおかしくて僕でもなかなか聞き取れない。

銃、と言っているのか。

「いいから来い！」

怯える直人を高村が強引に引っ張っているようだ。

急に直人が子供のようにダダをこね始めた。どうやら、ダメダメ、と叫んでいるらしい。

屋敷の中に入ったのだろう、ピタッとその声が止んだ。

「……」

直人の変貌ぶりに愕然《がくぜん》とする僕は言葉を失い、しばらくその場から動けなかった。ともえさんたちも茫然としている様子だ。

今のはいったい何だったのだろう。もう何が何だかよく分からない。

僕は直人を心配する一方で、日に日におかしくなっていく直人がだんだん怖くなってきた。


辺りが一斉に静まり返った。

どうやら二ノ宮が戻ってきたようだ。萩野順平の気配はない。足枷を引きずる音が聞こえないのだ。

僕は嫌でも悪い光景が頭に浮かんでしまう。

大丈夫、あれ以来銃声はしてないのだから。

「萩野、くんは……？」

佐伯の声だ。ひどく怯えてる。

「屋敷の裏庭に小さな蔵があるだろう？　そこに閉じ込めてきた」

だいぶ落ち着いたようだけれど、二ノ宮の喋り方と声は別人のようだった。

僕は二ノ宮の変わりように一抹の不安を覚えるものの、彼の言葉にひとまず安堵した。彼の言葉どおりなら心配はないと思う。

彼の中で蔵は独居房、あるいは反省室なのだろう。一時はどうなるかと思ったけれど、それで済んでよかった。

地面を踏む音がする。

この足音は二ノ宮だろうか？

静寂の中、檻の扉が開く音がした。

「何固まってるの。早く畑に行って」

ゾッとするほど冷たい声だった。すぐに四人の奴隷役が檻から出たのが分かった。今彼はどんな表情、どんな目で四人の奴隷役を見ているのだろう。たった一丁の銃が二ノ宮に権力を与え、そして彼の心まで変えてしまった。

僕たち奴隷役には正確な時間が分からないけれど、萩野が蔵の中に閉じ込められてからすでに二十四時間は経っていると思う。

直人も依然髙村の屋敷に閉じ込められたままだ。

僕は平瀬の命令どおりピンクの花と緑の葉っぱを収穫してはいるけれど、動いているのは身体だけでまったく集中していない。できるはずがなかった。

直人は今屋敷の中でどんな様子なのだろう。早く元の直人になって戻ってきてほしい。

萩野のほうはどうしているだろう。蔵の中で扉が開くのをじっと待っているに違いない。

そろそろ出してあげてもいいのではないかと思う。

肝心の二ノ宮は、自分の班の奴隷役に収穫の仕事をさせているようだ。

手を休めていた者がいたらしく、そこ休むな、という声が聞こえてきた。

奴隷役を見下す人間の姿が脳裏に浮かぶ。

まるで権力の魅力に取り憑かれているかのようだった。

「ねえ、二ノ宮くん」

かすかに佐伯の声がした。僕は動作を止めて耳を澄ます。

「僕が言うのもなんだけれど、そろそろ萩野くん、蔵から出してあげたらどうかな。けっこう長い時間経ってるしさ」

「まだ出す必要はないよ」

まったく迷いがないといった様子だった。

「そう。分かった」

呆気なく引き下がったと思いきや、

「ちなみに、食事と水はあげてるんだよね？」

念のためといった感じで佐伯が訊いた。

「あげてないよ。どうしてあんな奴に」

その言葉に僕は耳を疑った。

僕はてっきり食事と水は与えていると思い込んでいた。

彼の言葉が本当だとしたら、萩野は少なくとも二十四時間以上飲まず食わずの状態で蔵の中にいるということだ。

僕は誰よりも空腹の苦しさを知っている。あのときは本当に死ぬかと思った。それでも生きられたのは仲間のおかげもそうだけれど、やっぱり水を飲んでいたからだと思う。

空腹よりも渇きのほうが何十倍も苦しい。

萩野の苦しさは想像を絶した。

もっと恐ろしいのは、二ノ宮が平然としていることだった。

突然左手に痛みが走った。

目が見えずとも誰の仕業かすぐに分かる。平瀬に鉄の棒でやられたのだ。

「働かないのなら檻の中だ」

「ごめんなさい」

僕はすぐさま、痺れた左手で目の前にあるピンクの花を収穫した。それで納得したのか平瀬は僕の下から離れていった。

「大丈夫？」

ともえさんが僕の耳元で言った。

「大丈夫」

僕の痛みなんてどうでもいい。

それよりも早く萩野に食料と水をあげないと。

恐らく二ノ宮にその考えはない。

蔵の中に閉じ込めたと聞いたとき、その程度で済んでよかったと安堵したけれど、僕はとんでもない見当違いをしていたようだ。

僕は二ノ宮を甘く見すぎていた。


僕の考えはおおよそ間違いではなさそうだった。四十八時間以上が経過しても二ノ宮は萩野を蔵の中に放置したままであり、萩野の存在を忘れているかのごとく、四人の奴隷役にあれやこれやと命令している。

蔵の中で身悶える萩野の姿が脳裏をかすめる。いや果たして身悶えるほどの力が残っているだろうか。僕は胴震いした。

収穫作業なんてしている場合ではない。

これ以上は本当に危険だ。

せめて水だけでも与えないと。

二ノ宮にそう訴えようとしたそのとき、

「まずいよ二ノ宮くん。あれからもう四十八時間以上経ってるよ。本当に何もあげていないんだとしたらお水だけでもあげにいかないと」

佐伯が二ノ宮に必死に訴えた。

「彼の言うとおりだよ」

所の声だ。

「人間の限界を知っているか？　人間は食わなくてもある程度生きられるが、水がなければすぐに死ぬ。だいたい七十二時間が限界と言われているんだ」

「七十二時間……」

僕は思わず声に出していた。

まだ猶予があるとはいえ彼に余裕はないはずだ。

「ただあくまでそれは平均的な数字だ。早く水だけでもあげないと」

二ノ宮は黙ったままだ。迷っているのだと信じたい。

「僕行ってくる！」

佐伯が痺れを切らしたように言った次の瞬間、

「止まれ！」

二ノ宮の叫び声が響き渡った。

辺りが静まり返った直後、僕の隣にいるともえさんが小さな悲鳴を上げた。

「どうしたの」

「佐伯くんに銃を……」

僕はハッと息を詰める。場景を浮かべるのも恐ろしかった。

「勝手なマネするな！」

興奮しているときの彼は危険だ。本気で引き金を引く！

「命令に逆らえばいくら君とはいえ撃つ」

二ノ宮は誰にも間を与えず、

「このままでいいんだよ」

低い声で言った。

「どこへ？」

二ノ宮が歩き出したらしい。佐伯が問うた。

「蔵。誰も邪魔できないように」

萩野の〝そのとき〟が来るまで見張っているということか。

二ノ宮が蔵に向かって歩き出したようだ。

ダメだと僕は心の中で言った。彼は本気だ。本気で萩野を死なす気だ。

「お願いです！」

僕は足音がする方向に向かって叫んだ。

「お願いですから萩野くんを助けてください！」

二ノ宮に懇願した刹那、ともえさんが僕の袖を強く引っ張り、

「やめてクロちゃん」

慌てた声で言った。

「銃を向けられてるのよ！」

僕はそれでも構わないと思った。何が何でも彼を止めないと。

「お願いです」

もう一度叫んだ瞬間、今度は右手に激しい痛みが走った。

僕はあまりの痛みに白杖を足元に落とし腰をかがめた。

平瀬だ。

「余計な口出しはするな」

機械が発したような感情のない声。完全に病んでいると思った。

「お願い、です」

今度は耳を殴られ僕はその場にうずくまる。立ち上がったときにはもう、二ノ宮の気配は消えていた。


その後僕たちは普段どおり収穫作業をするよう平瀬に命令されたけれど、収穫など手につくはずがなかった。だから何度も何度も体罰を受けた。

夜になると夕食を与えられたけれど、むろん食べる気にはなれず一切手をつけなかった。

当然眠ることもできなかった。

ともえさんたちもそうだ。こんなときに普通でいられるほうがおかしい。

朝になるのが怖かった。朝になればタイムリミットである七十二時間に達してしまうから。

僕はただただ祈った。二ノ宮が人間の心を取り戻し、萩野を救うことを。

時間が止まってくれるはずもなく、あっという間に朝を迎えた。

鳥の鳴き声すら聞こえない。異様な静けさが漂う朝。

真っ暗闇の世界にいる僕は青い空を見上げた。心情とは対照的に、春のうららかな日射しが降り注いでいる。なんでこんなにも穏やかなんだと思った。

朝食の時間になったらしく、平瀬がやってきた。いつものように鉄の棒で鉄格子を叩いている。

もうじきタイムリミットである七十二時間を迎えようとしているにもかかわらず平

瀬は料理係のともえさんを呼びつけた。

彼は精神が病んでいる。改めてそう思ったときだった。

屋敷の方向からただならぬ声が聞こえてきた。

まるで檻の中で動物が暴れているかのような奇声。

ハッキリと聞こえているわけではないから歓声のようにも聞こえるし、怒声のようにも聞こえる。とにかく何かを訴えているようだ。

僕は一瞬萩野順平の声なのではないかと期待したけれど違った。

この声は直人だ。けれど直人ではない。

認めたくないけれど、直人は完全に壊れてしまっている。何者かに取り憑かれ、蝕《むしば》まれ、全てを支配されてしまったかのようだった。

髙村は直人にいったい何をしたというのか。

直人のほうに意識を向けていた僕は佐伯の声でハッとなった。

二ノ宮が、戻ってきたらしい。僕は息を凝らし二ノ宮の第一声を待った。

フラリフラリと歩いているのが足音で分かる。

二ノ宮くん、と佐伯が声をかけても二ノ宮の反応はない。

誰かが走り出した。佐伯だと思う。

極度の緊張感の中、僕たちは佐伯が戻ってくるのをじっと待つ。

一分もしないうちに佐伯が叫んだ。誰か、誰か、と。

なのに誰の足音もしない。二ノ宮はおろか、所ですら佐伯の下に行かなかった。いや怖くて行けなかったのだと思う。

五分くらいが経ったろうか、佐伯が戻ってきた。

力のない足音で、何となく諦めたような様子だった。

その足音が、止まった。

し、し、し……。

その先の言葉が出ないようだった。

佐伯が大きく息を吸い込んだのが僕にも分かった。

「死んでる……」

皆に告げた次の瞬間、ドサリ、と身体が崩れ落ちたような音がした。

今さらながら僕は思う。

これは現実なのだろうか、と。

夢と現実の区別ができないんじゃない。僕は冷静だ。

こんなはずじゃなかった。僕の計算では。

これは単なるシミュレーションじゃなかったのか。なのにどうして仲間が死んだりするんだ。

助けが来るまで貴族役は貴族のフリ、奴隷役は奴隷のフリをしているだけでよかったんじゃないのか。

皆がそう意識していれば、強い意志を持っていればこんなことにはならなかったのに……。

「最悪だ」

所が言った。このとき僕は、所が普段の自分を取り戻したものだと思っていた。

「お終いだ。何もかも」

彼は絶望し、そしてこう言った。

「僕は降りるよ」と。

「僕は関係ないんだ。むしろ僕たちは被害者なんだ」

自分のことはどうでもいいじゃないかと僕は思う。

今考えるべきはそんなことじゃないはずだ。

「僕もやめる」

佐伯が所のあとに続いた。

「やめたら僕たち元の関係に戻るんだよね？」

「当たり前じゃないか」

所が佐伯に答えた。

突然誰かが走り出した。佐伯だろうか。

ピタッと足音が止まると、

「皆ごめんなさい」

佐伯の声が聞こえてきた。今にも泣きそうな声だ。

「佐伯くん」

ともえさんが声を洩らした。どこか佐伯に哀れみを抱いているような感じだった。

聞けばどうやら皆の前で土下座しているらしい。

「皆僕を恨まないでね。ここから出ても仕返しとかしないでね」

平瀬や高村の奴隷役に対する振る舞いを目の当たりにしても、一切影響を受けることはなく、いつも奴隷役を気遣い、暴慢な態度なんて取ったことがない佐伯が必死に皆に謝っている。

彼も完全に精神のバランスがおかしくなっている、と僕は思った。

「そうだ、皆でここから逃げよう」

名案と言わんばかりに佐伯が言った。

皆そんな佐伯にどんな目を向けているのだろう。誰も返事をしない。異様に冷たい空気を感じた。

「無理だよ」

呆れ果てたような声。

ずっと静観していた平瀬だった。

「逃げられるわけがない」

「じゃあどうすれば」

「決まってるだろ？　終わるまでやるんだよ。君たち二人が降りるのなら、君たちの奴隷は僕が飼うことにしよう」

「まだそんなこと！」

　とっさにともえさんが叫んだ。

「それよりも萩野くんを！」

「黙れ」

　平瀬のたった一言で彼女は怖じ気づいたように口を噤《つぐ》んだ。

「そうだ。ついでにE班の奴隷も僕が飼うことにしようか。ずっと閉じこもったままだから」

　高村のことだ。

　彼の言うとおり、高村は四人の奴隷役に食事を与えるとき以外ずっと直人と屋敷の中に閉じこもっている。

　直人の奇声が頭の中で何重にもなって響いた。

「まずは檻の鍵を渡してもらおうか」

　どうやら佐伯と所に言ったらしい。

「待て」

僕はその声を聞いただけで心臓が暴れた。

いつからいたのか。髙村の声だ。

「黙って聞いてればいい気になって」

場が一瞬にして凍り付いた。

「あ、いたの」

「あの四人は僕が飼ってる奴隷だ。君の好き勝手にはさせない」

「そう。二人で仲よく閉じこもっているからいらないのかと思った」

「……」

「で、まだ何か用？」

急に平瀬の声色が鋭くなった。

「……」

「何もないなら屋敷に戻ったらどうかな。頭のイカれた奴隷が寂しがっているんじゃないのか」

今度は嘲笑《あざわら》うような言い方だった。

「……」

高村は依然不気味な気配を漂わせている。怒りが沸々と込み上げているのかと思いきや、黙ったままその場を去っていった。

平瀬はまったく気にも留めていない様子で、改めて二人に檻の鍵を渡すよう要求した。

佐伯と所から鍵を受け取ったのであろう平瀬は、次いで二人にこう言った。

「銃を持っているなら銃も渡してもらう」

僕には二人が最初に見せた反応が分からないけれど、二人ともさすがに銃を所持していることはない、二人の銃は屋敷に置いたままだと僕は当然のように思っていた。

最初に口を開いたのは所だった。

「誤解しないでほしい。あくまで護身用のつもりで持っていたんだ」

所が銃を持っていたことに僕はショックを受けると同時に、彼の言葉に違和感を抱いた。

彼は護身用と言ったけれど本当だろうか。

どこかで皆を疑っていたんじゃないだろうか。

それとも、僕たちをここに連れてきた犯人たちが突然襲ってきたときのために所持していたということか。だとすればそう言えばいい。

彼は皆の反応を気にしてか、明らかに動揺していた。

「僕も、使うつもりはなかったけれど」

君もなのか、と僕は心の中で言った。

佐伯も所と同様かなり狼狽した様子だ。

彼らは奴隷役の皆の目を見ることはできないだろう。

二人が銃を所持しているなんて思ってもいなかった僕は当然ショックだけれど、それ以上に、無責任にも平瀬正勝という最も危険な人物にすんなり銃を渡してしまった二人が信じられず、絶望に近い思いを抱いた。

二丁の銃を受け取った平瀬は二人に対し、

「シミュレーションが終わるまで屋敷にいればいい」

と言った。

佐伯と所の二人は奴隷役である僕たちに視線を向けたのだろうか。それとも一瞥もくれなかったのだろうか。

結果的に二人は屋敷に向かった。

それを知った僕は、どんな人間でも最後は自分が大事で、他人に対しては薄情なんだなとつくづく思い知らされた。

4

異様な静けさの中、ジャランジャランと金属がぶつかり合っているような音が聞こえてきた。

恐らく平瀬が三つの鍵を弄《もてあそ》んでいるのだろう。それだけでご機嫌だというのが分かる。

その音がこちらに近づいてきた。

やがて檻の扉が開かれ、

「死体が腐る前に墓を作ってこい」

唐突に命令された。

「墓」

浜野潤也がつぶやいたのだと思う。

「穴掘って埋めてくればいい」

平瀬の言い方はどうかと思うけれど、確かに萩野順平の遺体をそのまま放置しておくわけにはいかず、僕は白杖を支えにして立ち上がった。

少し遅れて四人も立ち上がる。ともえさんが僕の手を取ってくれた。ひんやりとしていてかすかに震えていた。

檻から出た僕たちは萩野の下に向かう。

後ろのほうから、

「出ろ」

平瀬の声が聞こえてきた。どうやらB班とC班の奴隷役にも墓を作らせるらしい。

誰も反論はしなかったようで、ゾロゾロと十人の奴隷役がやってくるのが分かる。

どうやら蔵の前にやってきたのだろう、ともえさんの足がピタッと止まった。

四人とも言葉を失っている。動くこともできないようだった。

少し遅れてB班とC班の奴隷役がやってきた。

萩野の遺体を見たのであろう、とある女子が小さな悲鳴を上げた。

他の者もそうだ。泣く者は一人もおらず、ほとんどの者が遺体を怖がっている。

僕だけは皆と違って遺体を前にしても心境の変化はない。ただただ萩野が気の毒でならない。

無意識のうちに僕は地面を素手で掘っていた。指が痛くても、爪が割れても、僕は休むことなく掘り続けた。

僕の姿は当然皆の目に映っているはずだ。

なのに誰も僕と一緒に土を掘ろうとはしない。萩野の気持ちを考えると切なくて、僕は皆に、

「早くお墓を作ってあげよう。いつまでも怖がっていたら萩野くんが可哀想じゃないか」

と強く訴えた。

それでも悲しいことにほとんどの者が無反応で、D班の仲間と他の班の二人だけにしか僕の思いは届かなかった。

三十分近く掘り続けたろうか。墓が出来上がると大谷と浜野が萩野の遺体を蔵から運び出した。僕はその間手を合わせ、隣にいるともえさんは、恐らく泣いていたのだ

と思う。

　どうやら掘った穴の中に遺体を横たわらせたらしく、土をかける音が聞こえてきた。僕も一緒に土をかける。墓の中で眠る彼にどんな言葉をかけるべきか僕には分からなかった。

「なあ皆」

　大橋尚真の声だ。

「平瀬と髙村をぶっ倒そうぜ」

　あまりに突然のことに僕は動きを止めた。

　一時の感情といった様子ではなく、決意に満ちた声だった。

「あいつらまだやる気だ。これ以上好き勝手させたら俺たちどうなるか。実際こうしてハギジュンが死んじまったじゃねえか。このままだと俺たちだってやべえよ」

　大橋は息を継ぎ、

「警察が助けにくるまで我慢って思ってたけど、いくら待っても助けなんてこねえじゃねえか。だったら俺たちでどうにかしねえと！」

　皆に強く訴えた。

大橋はさらに勢い込んで、

「皆で力を合わせれば倒せるよ」

と言った。

僕の脳裏に最初に浮かんだのは直人だ。

まずは直人を助けなければならないと思う。

とはいえ彼の意見には正直反対だ。

「それは危険すぎるよ。二人は銃を持っているんだから。下手したら——」

その先は言いたくなかった。

「罠を仕掛けるってのはどうだ」

「どんな罠？」

「それは今から考えるんだよ」

僕はたとえ名案が浮かんだとしても賛成はできないと思った。やはりリスクが大きすぎる。

結局この場で話はまとまらなかった。

僕たちの会話を察知したように平瀬がやってきたのだ。

僕たちは慌てて遺体に土を被せ、平瀬に墓を作り終えたことを伝えた。

平瀬は納得したらしく、僕たちに檻に戻るよう命令した。

檻に戻る際平瀬は、いちいち三つの檻を開けるのは面倒だからD班の檻に全員入れと言った。

さすがに一つの檻に十五人は狭いけれど、僕たちはそのとおりにするしかなかった。

冷たい地面に腰を下ろした僕は、これからいったいどうなるのだろうと考える。

何の力もない僕は、このシミュレーションが一刻も早く終わるのを祈ることしかできない。

それが無理なら、もう何も起こらないでほしい。

そう願ったときだった。

鐘の音ならぬ鉄格子の音が檻の中に響いた。

平瀬は皆の注目を集めるとこう言った。

「命令だ。お前たちの手で高村を殺せ」

平瀬正勝は人間じゃない。人間の心を失ったのではなく、最初から持っていないのだ。

彼は、僕たち奴隷役には人権がないと言うけれど、これだけは言える。

人間の価値はなくとも、僕たちは人間の心は持っている。

僕は今平瀬正勝に対し、そして自分たちが置かれたこの状況に対し、ありとあらゆる〝黒い感情〟を抱いている。


平瀬から殺気は微塵も伝わってこない。それどころか普段以上に冷静で緊張感は皆無だった。

人の命を命とも思っていない証拠だ。

当然平瀬は本気だ。本気で髙村壮を殺害しようと計画している。

「檻の錠を外しておく。次に髙村が隣の檻にやってきたとき殺しにかかれ。方法は何でもいい」

簡単に言うけれど、平瀬は本気で僕たちが髙村を殺せるとでも思っているのか。

無理に決まってる。たとえ言うことをきかなければ殺すと言われても。皆だってそうだ。そんな命令きけるはずがない。

「お願いです」

僕は正座して叫んだ。

「どうかそれだけは勘弁してください。僕たちにはできません」

必死の思いで訴えた。

平瀬は無言だ。僕に銃を向けているのかもしれない。僕は生きた心地がしないけれど、僕が犠牲になることで許してもらえるのならそれでもいいと思った。

「使えない奴らだな」

意外な反応だった。

僕や皆の様子を見て到底無理だと判断したらしい。

僕は全身から一気に力が抜けた。

「それなら」

安堵したのも束の間、平瀬が声の調子を変えてこう言った。

「君ならどうかな、二ノ宮くん」

檻の中が一瞬ざわついた。

そう、すっかり彼の存在を忘れていた。

今までどうしていたのだろう。いつから近くにいたのだろう。

「君は貴族だからこんなことお願いするのは心苦しいのだけれど」

心苦しいというわりには心が弾んでいるような声色だった。

「君は一人奴隷を殺してる。一人殺すのも二人殺すのも一緒だろう。目障りなあいつを殺してほしいんだ。君の持っている銃で。今も懐にしまってあるんだろう？」

平瀬はそう言ったあと、こう付け足した。

「ここは無法地帯だろう。人を殺したって罪にはならないんだ」

突風が吹き、木々がガサガサと音を立てた。

どれくらい沈黙が続いたろう。

二ノ宮が静寂を破った。

破ったといっても、消え入りそうな声だ。

それでも僕の研ぎ澄まされた耳にはハッキリと聞こえた。

聞き間違いではない。確かに二ノ宮は「うん」と言った。

合意が成立すると平瀬と二ノ宮は無言のまま檻から去っていった。

僕はすぐに二人を呼び止めたのだけれど平瀬はおろか二ノ宮すら立ち止まってはくれずそのまま行ってしまった。

聞くところによると、二人は自分の屋敷に戻ったらしい。

殺害を依頼する平瀬は異常だが、依頼を承諾した二ノ宮はもっとおかしい。平瀬に洗脳されているのではないかと思ったほどだ。

それともただ適当に受け流しただけなのだろうか。そうであってほしいと思う。

でも、もしあの返事が承諾を意味しているのだとしたら……。

それはないと思いたいけれど、可能性は否定できなかった。

髙村壮に個人的な恨みはなくとも、今の二ノ宮は二ノ宮ではない。萩野を死なせてしまったことで自分を失っている。僕にはそう感じられた。

仮に本気だとしたら何が何でも止めなくてはならない。

けれど僕たちには止める術がない。

平瀬に檻の鍵をかけられてしまったから。

こんなことになるのなら、あのとき嘘でもいいから平瀬の命令に「はい」と返事をしておけばよかった。檻の鍵がかかっていなければ二ノ宮を止めるチャンスはあったし、平瀬から権力を奪い失脚させることだってできたかもしれない。リスクを冒すのは反対だから後悔とは少し違うけれど。

とにかく今の僕には、高村壮が屋敷から出てこないのを祈ることしかできなかった。でも本当に心配すべきなのは、高村ではなく、二ノ宮だったのだ。

あれから一時間くらいが経った頃だろうか。実際はそんなに経っていないかもしれない。

屋敷のほうから突然、乾いた音が聞こえてきた。

方向からして平瀬と高村ではない。確実に二ノ宮のいる屋敷からだった。

皆の耳にはどう聞こえたろう。屋敷の中だったから、何の音か理解できない者もいるかもしれない。

銃声だったと思う。

銃声であればやはり二ノ宮の屋敷からだ。佐伯と所は銃を所持していないのだから。

隣にいるともえさんがふと僕の手に触れ、

「クロちゃん、今の音」

指先を震わせながら言った。

「二ノ宮くんの屋敷には、二ノ宮くんしかいないよね」

彼女は僕にそう訊くけれど、それは僕には分からない。むしろ彼女のほうが知っているると思う。僕のほうが訊きたいくらいだった。

でも恐らく屋敷には彼一人だと思う。誰かが屋敷に入っていく姿を誰も見ていないのならそうだ。

僕は嫌でも悪い想像をしてしまう。リアルな色が分からなくても、血を想像しただけで僕は胴震いした。

突然屋敷の扉が閉まる音が聞こえてきた。

荒々しい音で、憤怒しているか、あるいは慌てているかのどちらかだと思う。ただすがにその音だけでは平瀬か高村か、どちらか判断はつかない。

足音がこちらに近づいてくる。かなり速い歩調で、怒りよりも動揺に近い感情を抱いている様子が僕には窺えた。

やがて檻の扉が開く音がした。そこでやっと僕は平瀬だと知った。

「お前、出ろ」

平瀬にしては珍しく慌てた声だ。

僕は、誰が命令されたのかは分からないけれど、僕でないことは分かった。

平瀬が何を考えているのか知っているから。

命令された者が檻から出たのだろう。

「二ノ宮の屋敷を見てこい」

僕の考えていたとおり、平瀬が言った。

平瀬は少なからず動揺している。それでも警戒心が働いているのか、あるいは本能的なものなのか、すぐに檻の扉を閉めた。

「もたもたするな。行け」

かすかに返事が聞こえた。

聞き慣れない男子の声だ。

「走れ」

鉄球の音で走り出したのが分かった。やがてその音も聞こえなくなり、バタンと屋敷の扉が閉まる音が聞こえた。

それから五分くらいが経っただろうか。

再びバタンと扉の閉まる音が聞こえ、ズルズルと鉄球を引きずる音が近づいてきた。行きとは違いゆっくりで、まるで力が入らないといった様子だ。

屋敷の中の様子を見た男子は、平瀬が問う前に報告した。

「死んでました」

今にも気絶するのではないかと思うほど力のない声で、一言が精一杯といった様子だった。

僕の手を強く握っていたともえさんの手がダラリと落ちた。

「どうしてよ……」

僕も二ノ宮に心の中で問う。どうして死を選んでしまったんだ、と。

ずっと復讐心に取り憑かれていた彼ははたと気づいたのだ。自分はとんでもないことをしてしまったと。

我に返ったとたん罪の意識が芽生え、人を殺してしまった自分が怖くなって……。

萩野が死ぬ前に気づいてほしかった。もっと早く気づいていれば最悪の結果にはならなかった。

悔しい思いを抱く僕の耳に、チッという音が聞こえた。

平瀬だ。平瀬に決まってる。

彼は二ノ宮が自殺した事実よりも、高村の殺害計画が失敗したことを悔やんでいる。

死ぬのなら高村を殺してから死ねばよかったのに、と思っているに違いない。

人がまた一人死んだというのに君って奴は。

彼には赤い血が流れていない。

許せないと思うけれど、情けないことに僕は何もできない。ただただ奥歯を嚙みしめるだけだ。

ギリッ、と奥歯が欠けるような音がした。

そのときだった。

突然檻にいる仲間たちがざわつき出した。

僕はとっさに身構える。

平瀬が何か行動を起こしたのではないかと思ったからだ。

でもそうではなかった。隣にいるともえさんが、

「直人」

と声を発したのだ。

僕はハッと白杖を握り締める。どうしてこんなときに屋敷から出てきたんだと直人に心の中で問う。

僕は息を殺し耳を澄ます。

何か聞こえる。直人が低い声で何か言っている。でもなかなか聞き取れない。

だんだんと声が近づいてくる。ゴロ、ゴロ、という鉄球の音とともに。

「悪魔め……」

僕は血の気が引いた。

確かに今そう聞こえた。

直人の声とは到底思えない、まさに悪魔のような声だった。

悪霊に取り憑かれているかのごとく「悪魔め、悪魔め」と何度も何度も繰り返しな

がらこちらに近づいてくる。

どうやら直人は平瀬を見据えているらしく、

「近づくな」

迫力に圧倒されたのか平瀬が後ずさったのが分かった。

直人は命令をきかず平瀬に迫る。ゴロ、ゴロと音を立てながら。

息遣いが荒く、涎《よだれ》をズルズルとすすっているのが分かった。

「萩野を殺した悪魔め」

ゾクリと背筋が凍りついた次の瞬間、突然直人が奇声を上げた。

平瀬に襲いかかったらしく、二人が激しく倒れ込んだのが分かった。

「死ね悪魔！　死ね！　死ね！」

馬乗りになっているのか、平瀬を殴りつけているようだった。

「悪魔め殺してやる」

直人は本気だ。平瀬が苦しみだしている。首を絞めているようだった。

いけない。直人は本気で平瀬を殺そうとしている。

「やめて直人……」

僕は思うように声が出ない。

「やめて直人！」

僕の代わりにともえさんが叫んだ。でも直人の耳には届いていない。自分のことはもとより、僕たちの存在すら忘れてしまっているかのようだった。

直人は今、〝悪魔〟を見ている。思い込んでいるのではなく、目に〝悪魔〟が映っている。そんな感じだった。

幻覚、というやつだろうか。実際の光景すら見えない僕にはまったく分からない感覚。

「やめて直人」

もう一度言った、そのときだった。

ふと僕の隣にいる男子が小さな声で、

「ヤレ」

と言った。

「ヤレ直人。ヤレ」と。

殺せ、ということか。意味を知った僕は戦慄した。

今度は後ろでヒヤリと冷たい声が聞こえた。
僕の隣にいる男子と同じく「ヤレ」と。
また別のところでも「ヤレ」と声がした。
三人では止《とど》まらず、平瀬に対する殺意が感染したかのように、他の者も次々と。
ついには大谷、浜野、大橋までもが「ヤレ」と言い出した。
皆興奮はしておらず、低い声で「ヤレ、ヤレ」と直人に念力を送る。
まるで呪文を唱えているかのように。
奴隷役の皆までもがおかしくなってしまっていた。
「やめて皆！」
それ以上直人を煽《あお》らないで。
「直人もやめて！」
平瀬は銃を持っているんだ。殺されてしまう！
頭の中で叫んだ次の瞬間、パン、パンと銃声が鳴り響いた。

生温かい液体が僕の顔にピシャリと飛び散った。

血の臭い。直人の血……。

再び銃声が鳴り響いた。

気づけば平瀬が発狂しているかのごとく叫んでいる。「うるさい、黙れ」と。

隣にいるともえさんが激しく取り乱している。

きっと僕もそうだったのだと思う。直人の名を叫び、誰かに助けを求めていたのだと思う。頬が涙で濡れていた。

平瀬がさらにもう一発撃っても彼女には通じなかった。

鉄格子を激しく揺らし叫喚する彼女とは対照的に、僕はただただ茫然としている。

死んだのだと思う。直人の姿は見えないけれど僕には分かる。息遣いが聞こえてこないのもそうだけれど、何より直人を少しも感じないのだ。

平瀬が檻から立ち去った気配を感じた。

けれど僕は場景を思い浮かべることはない。ずっと真っ暗闇のままだ。

扉の閉まる音が聞こえた。

それからすぐのことだった。銃声が鳴り、悲鳴が聞こえた。有無を言わさず発砲したようだった。

屋敷の中からギャアギャアと叫び声がする。高村の声だなと思うだけで、僕はそれ以上何も思わない。何も感じない。

どうやら高村が屋敷から飛び出してきたようだ。

腕が痛い、助けて、と喚いている。

「正直に話せば命だけは助けてやる。山崎に何をした」

「葉っぱを与えただけだよお」

「葉っぱ？」

「奴隷たちが収穫してる葉っぱだよ。あれは大麻なんだ。君も知っているだろう？」

「大麻……」

僕は無意識のうちに声を発していた。

「すぐに分かった、大麻だって。ネットでたまたま知ったんだ」

依然高村は痛い痛いと喚き散らしている。

「で？」

「だから大麻を山崎に吸わせただけだよ。僕の命令に従わないから！　でも仲間を殺すぞと脅したら素直に吸ったよ」

「で？」

「最初はそんなに効果はなかったけど、回数と量を増やしていくうちに禁断症状が出始めて、さらには幻覚を見だして、最後は僕の言いなりだったよ！」

「で、命令したのか。平瀬を殺せって」

「違うよ、違う」

「奴は悪魔だ。殺さなければ殺される、とでも言ったのかな」

「違う、本当に違う」

「面白いね。僕も君を殺そうと思ってたんだよ。二ノ宮を使って。何だか似てるね、考えていることが」

「許して……」

「何を許すの？」

「命だけは」

「……」

「助けて」

「……」

「助けてください」

「ところで」

「はい」

「教えてくれよ」

「な、何を」

「大麻の使い方」

「あ、ああ。簡単だよ。葉っぱを乾燥させて、紙で包んで火をつけて煙を吸うんだ。別世界に行ったみたいで、気持ちいいよ。君も一度――」

次の瞬間、空に銃声が鳴り響いた。

ああ、彼も死んだんだなと僕は思った。


「そこの女子三人、立て」

平瀬が興奮した声で言った。別の班の女子たちはすぐに立ち上がったようだけれど、僕の隣にいるともえさんだけは座ったままだ。茫然自失となっている様子だった。

「それと黒澤と、お前だ。檻から出ろ」

「はい」

命令された男子がすぐに返事をした。いかにも気弱そうな声。平瀬はあえて弱い人間を選んだのだと思う。

檻の扉が開いた。

白杖を支えにして立ち上がると、僕の前にいる者たちが左右によけて道を作ったのが分かった。

ともえさんだけは依然座ったままだけれど僕は彼女をそのままにして檻から出た。平瀬のほうも無理だと判断したのか彼女には何も言わなかった。

僕が最後だったらしい。檻から出るとすぐに扉が閉まる音がした。

「お前たち、萩野のときと同じように穴を掘って死体を埋めろ」

平瀬は萩野順平のときとは違い『墓』という単語は使わなかった。その意味を知りながらも僕は不快感を抱くことはなかった。白杖を使って直人の位置を探り、直人の目の前にたどり着くとその場にかがんで土を掘った。

血の臭いを感じる一方で、僕は直人と初めて会ったときのことを思い出していた。

突如僕の下に現れた彼。

お互い自己紹介せぬまま一緒に砂のお山を作って、一緒に笑い合って……。

今でもあのときの感触が残っている。声も鮮明に憶えている。

いつも直人は僕の味方だった。周りの目なんか気にせず僕に優しくしてくれた。

僕が寂しいときは僕のテレパシーを感じとってすぐに駆けつけてきてくれた。困っているときは僕の目になって一緒に歩いてくれた。

僕の唯一の親友。世界で一番大切な親友。

死んじゃった……。

僕は生まれて初めて、自分が全盲でよかったと思った。

直人の悲惨な姿、変わり果てた姿なんか見たくない。

神様は本当に冷酷で、不平等で、無力な存在なんだなと改めて思った。

なぜ平瀬のような罪を犯した人間に天罰が下らず、どうして直人のような優しい人間がこんな目に遭うのだろう。

実験用の動物と同じような扱いを受け、利用され、最後は呆気なく殺された。

僕は彼らが許せない。

悲しくてたまらない。

なのに怒りの感情が湧いてこない。

涙が出てこない。

直人の手に触れても。顔に触れても。抱き締めても。

壊れてるんだ、僕も。

ごめん直人。

僕は君を助けてやることができなかった。きっと仇《かたき》を取ることもできないと思う。

僕は無力だから。

君と最後に交わした会話はなんだったかな。

ほんの一瞬でもいい。もう一度いつもの優しい直人に会いたい。君が恋心を抱いていたともえさんともお喋りさせてやりたい。

君のだんだん冷たくなっていく肌に触れていると、本当にお別れなんだなと思う。

僕は彼の身体に触れながら、最後に「さよなら直人」と一言つぶやいた。

二人の遺体を土の中に葬ると、僕たち四人は再び檻の中に戻された。

僕はともえさんがいる位置を知りたくて彼女の名を呼ぶけれど、彼女からの返事はない。

彼女がいる位置まで点字ブロックが敷かれていればなあと思う。

立ち尽くしていると、

「こっちだよ」

たぶん浜野潤也だと思う。気力のない声だった。

僕は声がしたほうに歩いていく。避《よ》けてくれる者もいれば避けてくれない者もいて、彼女はすぐそこにいるはずなのに、もどかしかった。

ともえさんの下にたどり着いた僕は彼女の隣に座った。顔は見えないけれど、魂が抜けきってしまったような彼女の様子が窺える。

ふと、ポツポツと雨が降ってきた。

直人が泣いている、と僕は思った。

たぶん自分が死んで悲しいのではなく、彼女の姿を見て泣いているのだと思う。

僕は自分が着ている黒い奴隷服を脱いで彼女の頭にかけた。それでも彼女は一言も発さない。まさに死んでいるようだった。

全て平瀬のせいだと僕は心の中で言った。平瀬がともえさんをこうしたんだ。

「やっと邪魔者がいなくなった」

平瀬の声だ。どうやら皆のほうを向いて喋っているらしい。

「僕以外貴族はいないから、これで誰よりも偉くなったわけだ」

優越感に浸る平瀬の姿が脳裏に浮かぶ。

「一番偉いのだから、王だな。今から王になるとしよう」

今思いついたのではなく、最初から〝王〟になるのを頭に描いていたような、そんな口ぶりだった。

「ただ王になると今度は貴族がいなくなる。『王と奴隷』の二階級では結局今までと変わらず面白くないから、やはり貴族階級を作るとしようか」

平瀬は間を置かず、

「一人だけ奴隷服を着ていない奴がいるな」

僕は一瞬動きを止めた。

「黒澤、お前を貴族にする。立て」

僕は意外だけれど戸惑うこともない。言われたとおりに立ち上がった。

「出ろ」

檻の扉が開く音がした。

僕は確信している。僕が黒い奴隷服を着ていないから貴族に選んだのではなく、これも最初から計画していたことだと。


檻から出るなり平瀬が言った。

「喜べ黒澤。今日から君は貴族だ」

お前から君、に変わっても、貴族と言われても、僕は感情に何の変化もない。実感が湧かないという意味ではない。どうでもいいんだ。

「今日から君は屋敷で暮らす。屋敷にあるもの全て好きなように使うがいい」

使うがいいだなんて、喋り方もまるで王だなと思った。

「奴隷もな」

強調するような声色だった。

「君は目が不自由だから何かと不便だろう。身の回りの世話は全て奴隷にやらせればいい」

嘘だ。目の見えない僕を気の毒になんて思っているはずがない。今だって惨めだと蔑んでいるはずだ。

こんなにも気持ち悪いことはなかった。

彼の中で僕は気に食わない存在だったはずなのに。

返事をせず黙っていると、

「あの」

とある男子の声がした。勇気を振り絞ったようなそんな声だった。

「なんだ」

急に鋭い語気に変わった。

「なんだ？　早く言え」

平瀬がもう一度問うと、

「どうして彼が貴族なんでしょう。彼ではなく僕を貴族にしてもらえないでしょうか」

演技とは思えなかった。本気で貴族階級になりたいと望んでいるような必死さが伝わってきた。

「誰に物を言っている」

平瀬が厳しく言い放った。

「王に直接意見できるのは貴族だけだぞ？」

「すみません」

「お前たちには何の権利もない。意思や感情を持つことも許されない」

「はい……」

「出ろ」

平瀬が檻の扉を開けた。

「早く出ろ」

銃を突きつけたらしい。平瀬に懇願した奴隷役の男子が檻から出てきたのが分かった。

「罰だ」

平瀬が僕に近づいてくる。

突然左手に鉄の棒を握らされた。

「お前が罰を与えるんだ」

僕は動じなかった。

僕を貴族にしたのはそのためか、と合点した。

僕に精神的苦痛を与えるためだ。

「四つん這いになれ」

どうやら平瀬に言われたとおり四つん這いになったらしい。

「殴れ黒澤」

僕は鉄の棒を振りかざし、躊躇することなく振り下ろした。

背中だと思う。ドンと鈍い音がすると同時に左手に振動が伝わってきた。

「もっと強く」

興奮に満ちた声。ほくそ笑んでいるのが分かった。

僕は命令どおりさらに強い力で殴る。

檻の中にいる皆の冷たい視線を感じた。

それでも僕は殴って殴って殴りまくった。むろん平瀬に心服しているわけではない。

平瀬の気持ちがこれで済むのなら運がいい。殺されなかっただけマシだ。

そう思いつつ、僕は自分で自分が分からない。

なぜなら心がまったく痛くないからだ。

僕は平瀬の言いなりになっているわけではない。あくまで平瀬を怒らせた彼のためにやっているのだ。だから本当は殴る度に心がズキズキ痛むはずなのだ。

なのに痛くない。いくら殴っても何も感じない自分がいる。


何十発殴ったろう。やっと平瀬の許しが出た。僕は地面に四つん這いになっているであろう彼にじっと顔を向けたままだった。

最初のうちは泣き喚き、殴る度に声を上げていたけれど、今は何の反応もない。意識を失っているのかもしれなかった。

殴っている際、僕は平瀬に殴られた日のことを思い出していたのだけれど、それでも心は痛まなかった。手加減もしなかった。

どうやら彼は辛うじて意識があるようだった。しかし立ち上がることはできなかったようで、四つん這いのまま檻の中に戻ったようだった。

うう、うう、と呻き声が聞こえる。もしかしたらどこかの骨が折れているかもしれない。確かにそんな手応えがあった。

平瀬は一切気にも留めず、

「さて次だ」

と言った。

「罰を受けるのは一人だけじゃない」

僕はもう悪い予感すら抱かない。

「さっき、王が殺されかけているにもかかわらず、ヤレ、ヤレ、と言っていた奴隷たちがいたな」

一瞬時が止まったようにシンとなった。

心当たりがある者、ない者、全員が何かしらの覚悟を決めたと思う。

緊張感漂う中、平瀬はこう言った。

「裏切り者は死罪だ」

皆予感していたのか、それとも何もかもがどうでもよくなったのか、あるいは声が出ないほど怯えているのか、檻の中は無人のごとく静かだ。

「黒澤、お前がヤレ」

僕はこの瞬間悟った。

僕を貴族にした本当の目的を。

黙ったままでいると、

「しかしすぐに殺してしまうのはつまらない。髙村が山崎にやったように、大麻漬けにして遊ぶのもいいかもしれないな」

平瀬が僕に視線を向けているのが何となく分かった。

どうやら僕に判断を委ねているらしい。

それでも僕は答えない。迷ってもない。迷う必要がないから。

僕の態度を見て心の内を悟ったのか平瀬は余裕にもフッと笑った。

「まあいい。急ぐことはないんだ。その前に」

何を言い出すのかと思えば、

「僕の肖像画を描いてくれないか黒澤」

さすがにそれは予想外だった。

「王になった記念に、肖像画を」

僕はこのときから予感していた。

これが僕が受ける最後の命令になるんじゃないかと。


自らを王と名乗りその上肖像画だなんて、平瀬正勝の前世はどこかの国の王だったのではないかと僕は本気で思った。

仮にそうだったとしたら史上最悪の暴君だったに違いない。

僕は分かりましたと返事をしたものの、絵を描く道具がどこにあるか分からずその場から動けずにいた。正確には忘れていたのだ。

そうだ、檻のどこかに置いたままだ。

僕は檻のほうに向かって尋ねた。

するとすぐに、

「ここに、あります」

とある男子が怖々とした声色で言った。

僕は白杖を頼りに檻の前まで行き、左手で絵の具セットとパレットとスケッチブックを受け取った。

ずっと放置されていた道具たちが僕には悲しんでいるように思えた。

大事な道具を放置しておくなんて、僕には絵を描く資格はないと思った。

絵を描くのはこれが最後になるかもしれない。

最後のモデルが平瀬だなんて皮肉だなと思った。

だから最後のモデルが平瀬でも丁寧に描写しようと思う。

ただいつもみたいにモデルには触れない。触れたくないからではない。触れなくても分かるから。

僕は檻を背に平瀬と向き合った状態、つまり檻の中にいる皆に絵が見える位置で平瀬を描写し始めた。

あえて水は使わない。パレットに絵の具を出し、そのままの濃い状態で描写する。

氷のように冷たく、泥のようにザラザラとしていて濁った瞳。血の色が通わない、歪んだ唇。

人間らしい感情を一つも持っていない表情。

繊細かつ爽やかに描写する箇所なんて一つもない。だから水は不要なんだ。

平瀬は今どんな顔を僕に見せているのだろう。王らしく堂々と誇らしげにしているに違いない。

表現したのは顔だけだけれど、それでも一時間近くかかったと思う。

「できました」

平瀬が近づいてくる。

サッと僕の手からスケッチブックを奪うと、一瞬動作が停止したのが分かった。

ギシ、ギシ、と音がする。スケッチブックを力強く握っているようだ。

ワナワナと震えている平瀬の姿が脳裏に浮かぶ。

彼が憤怒しているのは、僕が思い描いている顔をそのまま描写したからではない。

「どういうことだこれは！」

僕が描いた絵を、僕に突きつけているのが気配で分かった。

「お前は黒が嫌いじゃなかったのか？」

怒りをぐっと抑えた声。

「はい」

僕は平然と答えた。

「カラスを描けと言ったときもお前は黒を使わないと言った」

「はい」

「なのになぜ肌を黒で描いた！」

「僕には貴方の顔が見えません。当然肌の色だって分からないのです」

絶句している平瀬に僕は続けて言った。

「黒が肌の色じゃないなんて差別です。黒だってれっきとした〝肌色〟でしょう？僕はそう習ってきました」

頭の辺りでカチリと音がした。

銃を突きつけられているらしい。

僕は肖像画を描けと言われた瞬間から肌を黒く塗ることに決めていたから今さら動じることはない。

「殺されたいのか黒澤！」

殺されたくはないけれど、仕方ないかなと思う。

「構わないといった顔だな。ならば」

平瀬は一拍置いてこう言った。

「藤木ならどうだ」

穏やかな鼓動を繰り返していた僕の心臓が急に波打った。

僕は動揺を隠せない。

「お前、藤木のことが好きだろう。藤木の絵を描いているときに分かったよ」

まさかこんな形でともえさんに自分の想いを知られるとは思わなかった。もっとも彼女には聞こえていないかもしれないけれど。

「藤木を大麻漬けにしてやるぞ！」

僕はこのとき本来の人間らしさを取り戻したのだと思う。

今度こそは大切な人を守ってあげなければならないという思いと同時に、平瀬に対し殺意を抱いた。

「僕がそんなに憎いか黒澤。そうだな、憎いな。親友を殺され、好きな藤木も大麻漬けにされるんだから」

いくら憎くても僕には何もできない。目の見えない僕には何も。

「チャンスをやろうか黒澤」

急に思いついたような感じだった。

突然平瀬が走り出した。

どこまで走っていったのか、遠くのほうから平瀬の声が辛うじて聞こえた。

それは力を込めた動作をしたときに発するような声だった。

戻ってくるなり平瀬は、

「今森の中に銃を投げた」

と言った。

「僕とゲームしよう黒澤」

興奮に満ちた声。王らしさは消え、少年に戻ったような感じだった。

「銃を見つけ出せたら君の勝ちだ。そのときは憎い僕を殺せばいい。逆に見つけてこられなければ藤木を、いや全員だな。ここにいる奴隷全員を大麻漬けにする」

目の見えない僕にとってそれは圧倒的に不利な条件だった。絶望的といってもいい。

「面白いだろう黒澤。僕もゾクゾクしているよ。やはり奴隷をイジメてばかりじゃつまらないと思ってさ。何事もスリルがないと」

平瀬は僕に一切間を与えず、

「拒否することは許されないよ」

と言った。

「タイムリミットは二十四時間。はい、スタート」

それでも僕は歩くしかない。どんなに不利でも、絶望的でも。

歩き出した刹那、

「待て」

平瀬に呼び止められた。

「一つ忘れていた。その杖は没収する」

「え……」

僕は思わず声が洩れた。

白杖がなければ無理だ。白杖は僕の身体の一部。ないと想像しただけで僕は不安になる。

平瀬は有無を言わさず僕から白杖を奪い取った。

「これがずっと気に食わなかったんだ。君は憶えていないだろうけれど、君のこの杖に当たったことがあってさあ」

心当たりはある。白杖が何かに当たってしまったことなんて幾度もあるから。

けれど、僕はこのとき一つ確信したことがある。

もっと早く気づくべきだった。

登校時や下校時、僕の杖を蹴ったり奪おうとしたりしていたのは平瀬だったんだ。

エピローグ

背後にいる平瀬が愉快そうに笑い出した。僕が四つん這いになって進むからだ。

「まるで赤ん坊、いや犬だな」

どんなに蔑まれても僕は立ち上がらない。立ち上がることができない。白杖を奪われた僕にはこうするしか進む術がないから。

怖くてたまらないんだ。白杖がなければ。

這い這いの状態でも恐ろしい。何かにぶつかるような気がして。

幸い障害物は何もなく、それでもかなりの時間を要したけれど何とか森にたどり着いた。

人間の力で放ったのだから、そんなに遠いところにはないと思う。それでも目の見えない僕にとっては、無限に広がる空間で一円玉を捜すくらいに難しいことだ。

僕は平瀬が放った銃を手で捜す。怖々と前方を確認しながら。

こんなにも臆病になるくらいなら、自分を失ったままのほうがよかったと思った。

僕は今、ともえさんを何としてでも助けなければならないという思いを抱く一方で、直人のことが頭に浮かんでいる。

直人のことを思い出すと瞳から涙がこぼれた。

僕は今さらながら直人の死を悲しんでいる。同時に、『貴族と奴隷』というこのシミュレーションにとてつもない恐怖を感じている。

改めて思う。

僕たちは王様でも貴族でも奴隷でもない。皆対等な関係、同じ立場のはずなのに……。

これはあくまでシミュレーションだったはずだ。

人を殺したり、殺されたり、そんなことがあるはずがない。

僕が頭に描いていた場景は、実際に起こっていたことなんだろうか。

僕はあくまで音や気配で感じとっていただけだ。それをその都度頭の中で自分なりに再現していた。

僕は何も見ていない。リアルな現実を。

本当は何も起こっていないのではないだろうか。

死んだと思っていた直人たちは実は生きていて、今頃土の中から蘇るようにして起き上がって、皆と楽しく会話しているんじゃないだろうか。

そうだ、そうに決まってる。僕はあくまで何も見ていないのだから。

そう思いつつも僕は銃を捜している。

だんだん方向感覚が狂いだし、かなり奥まで来てしまったような気もするし、全然進んでいないような気もする。

一度迷ったら僕の場合軌道修正するのは難しい。広大な迷路を一生さ迷うことになる。

平瀬の声が聞こえればスタート地点に戻ることができるけれど、迷ったときに限って何も聞こえてこない。

銃は近くか、それとも全然違う位置か。

パニックに陥る寸前、ふと人の気配を感じた。

こちらにやってくる。ゆっくりとした足取りで。

平瀬？　違う。足音からしてもっと大きい体格の人だと思う。

足音が、止まった。

目の前にいる。

「誰？」

尋ねた瞬間左腕をガッと摑まれた。確実に大人の手だ。

「立ちなさい」

あの男の声だった。僕たちを拉致したテロリストの主犯か何なのか知らないけれど『貴族と奴隷』の開始を告げたあの男。


男は僕を強引に立たせるなり僕の左腕を摑んだまま歩き出した。まったく障害者の扱いに慣れておらず男は自分のペースで歩いていく。

僕はすぐさま男の手を振り払いその場に立ち止まった。

「どこへ行くんです？」

「戻るんだ。皆がいる場所に」

ようやく終わったんだな、と僕は思う。それでも安堵はなかった。

「警察はまだですか？」

テロリスト犯にそんなこと訊くなんて、自分でも変だなと思った。

「警察は来ないよ。最初にも言った通り我々は国の指示で動いているのだから」

まだ言っている。僕は男の答えに辟易《へきえき》した。

「このシミュレーションは年に四度、極秘裏に行われる。集めるのは君たちと同じ十四、五歳の男女三十人」

男は言ったあと僕の左手を摑み、

「行こう」

と言った。それでも僕は男には従わず、

「何のために」

男に尋ねた。

「何のためにこんなこと」

「それも最初に言ったろう。他の意味はないよ。同い年の同じ立場の中学生を貴族役と奴隷役に分けたらどのような行動を取るのか観察するためだ。それにしてもしかし」

男が声色を変えて言った。

「これまでに幾度となくこのシミュレーションを行っているが、大麻を奴隷に吸わせたり、奴隷を殺したり、自殺したり、貴族同士が争うことはこれまでにあったが、貴族同士が殺し合ったり、こんなケースは初めてだよ」

どこか嬉しそうな口ぶりだった。

僕の脳裏に直人の姿が浮かぶ。

現実逃避したところでやはり直人を失った事実を僕は認めている。

髙村が直人に薬物を吸わせなければ直人は死ぬことはなかったと思う。

「どうして大麻なんか」

僕がつぶやくと、

「感心するよ」

男は意味不明なことを言った。

「E班の貴族役の子だよ。よくあの葉が大麻だと気づいたもんだ。収穫ではなく栽培する期間だったら奴隷に大麻を吸わせることはなかったろうね。時期が悪かったということだ」

男は皮肉めいたことを言い、何が可笑しいのか突然フフフと笑い出した。

「しかしさすがに花の正体までは分からなかったようだね」

ピンクの花。僕は花の形を頭の中で再現するけれどリアルな色は分からない。

「あの花はケシだ」

「ケシ……」

花が大好きな僕でも聞いたことがない。いつも花の名を教えてくれるのは母さんだ。教えられていないのだから、これまで一度もケシという花に触れたことがないということだ。

確かに僕の指にも記憶がなかった。かなり珍しい花ということか。

「ケシも大麻と同様薬物になる。アヘンというね。いや正確にはヘロインだ」

僕はもう驚くことはない。何となくいけない花のような気がしていたから。

「アヘン戦争の、アヘン？」

「そのとおり。もっともケシの場合は大麻とは違いヘロインにするまでの精製が容易ではないから使いこなせないがね」

「なぜですか」

「なぜ、とは？」

「なぜ薬物畑なんか」

「これも国の指示だよ。といっても誤解してはならない。薬物を製造するために大麻やケシを栽培しているとは誰も言っていない。

麻は君も知っていると思うが我々が普段着ている衣服になる。ケシはガン患者の疼《とう》痛《つう》を和らげるためのモルヒネとなる。この意味が分かるかな？」

人を助ける植物でもあり、人を狂わせる植物でもある。

つまり人間の意識、使い方次第ということか。

けれど男は肝心なことは言わない。大麻とケシを栽培する真の目的だ。

「さあ戻ろう。皆の下へ」

男がもう一度僕の左手を握った。僕は男に従いついていく。

森の出口が近いのか、他のテロリストたちが奴隷役に向かって檻から出ろと指示している。

ずっと屋敷の中に〝身を潜めていた〟佐伯と所の声も聞こえてきた。安堵と戸惑いが入り交じった声だ。

ともえさんは大丈夫だろうか。声が聞こえないから僕は彼女の様子が分からない。きっとまだ自分を失ったままだと思う。テロリスト犯に支えられて檻から出る彼女の姿が脳裏に浮かぶ。

どうやら皆の下に戻ってきたらしい。それでも男は僕の手を握ったままだ。僕が全盲だという意識が働いているらしかった。

「恐れることはない。我々は君たちに危害を加えるつもりはない」

男が皆のほうを向いて言った。僕も皆と向き合っているけれど、僕はずっと下を向いたままだ。

「非常に興味深く観察させてもらった」

四人も死んだというのに。

僕は男に対し怒りが込み上げるけれど力が湧いてこない。感情とは裏腹に男と手を繋いだままだ。

「十日間を通して貴族役は奴隷役に、奴隷役は貴族役に対しそれぞれ個人的感情を抱いたと思う」

男の言うとおり僕は平瀬正勝に対し穏やかではない感情を抱いている。

「前半はそれが目的だった」

僕はハッと顔を上げ男のほうを〝見た〟。

男は一拍置いてこう言った。

「シミュレーションはここからが本番」

男は続けて言った。

「今から貴族役と奴隷役を逆転させる。よりリアルな『貴族と奴隷』の関係を作り上げるために」

皆の反応がない。不気味なほど静かだ。皆どんな感情を抱き、どんな表情をしているのか。そしてどこに視線を向けているのか。

春らしくない、ヒヤリと冷たい風が吹いた。

「ふざけるな」

平瀬が声を発した。明らかに動揺している。

「何が逆転させるだ」

「そうですよ、そんなの聞いてない」

所が平瀬に続く。

「僕も、反対です」

佐伯が言った刹那、

「君たちはもう！」

男が三人を遮るようにして言った。

「王でも貴族でも何でもない。今は皆と対等な立場なんだ。勘違いしてはいけない」

迫力に圧倒されたように三人は押し黙る。

「これからシミュレーションを再開する。ただ貴族役と奴隷役を逆転させるといっても、奴隷役だった者全員を貴族役にさせるわけにはいかない。貴族役は最初と同様五人だ。そこで後半では」

男は息を継いでこう言った。

「立候補者を募ろうと思う。貴族役になりたい者、手を挙げるんだ」

静寂の中、

「はい」

か細い声が聞こえた。

ともえさんだ。無表情のまま手を挙げている彼女が僕の頭に浮かぶ。僕の知る優しい彼女はもういない。

手を挙げているのは彼女だけではない。

目が見えなくても、これまで奴隷役だった者全員が手を挙げているのが僕には分かった。

僕にも迷いはない。

僕は男に握られている左手を振りほどいた。

解説

中野信子

山田悠介さんの作品を読むと、もしかしたらこの方は心理学がお好きで、教科書に載るような有名な実験についてよくご存じなのではないか、と思ってしまう。

たとえばこの『貴族と奴隷』は、現在では禁止されている「スタンフォード監獄実験」を想起させるし、また物語に登場する人物たちの行動や心理描写は、この実験から導出された人間の振る舞いに関する学術的な知見によく当てはまる。

スタンフォード監獄実験は、世界で最も邪悪な実験と今でもいわれる研究の一つで、ドイツ映画『es』の原型にもなった、スタンフォード大学を舞台に行われた実験である。

実験の主宰者はフィリップ・ジンバルドー。実験が行われたのは1971年。大学の地下にある実験室を改造して監獄によく似せた監禁施設を設置し、新聞広告を使って集められた被験者21名がここへ送り込まれた。

実験期間は2週間。被験者の日当は15ドルだった。コインの表裏どちらが出るかで囚人か看守かを決められた。囚人役は消毒薬をまかれ、トイレ以外にはどこへ行くこともできないし、トイレに行くときは目隠し付き。右足には枷《かせ》が塡《は》められ、重りが取り付けられた。

看守になった者は与えられたタスクを超えて、自発的に囚人役を虐待しはじめ、それはエスカレートしていった。この暴走劇は実験であるという範疇《はんちゅう》を超え、囚人役の被験者の心身の安全が脅かされたため、実験は1週間足らずで強制的に終了することとなった。

看守役の被験者は、さらなる実験の続行を求めて、主宰者に抗議したという。

スタンフォード監獄実験が邪悪な実験であるといわれるのは、強い権力や地位、肩書を与え、情報や人の出入りのない閉鎖的な環境をつくってやれば、人間の理性など簡単にマヒしてしまい、弱者を際限なく痛めつけてしまうということが実際に証明されたという点だ。

権力を持たない者への懲罰という快楽に味を占めた被験者は、それを取り上げられることに納得がいかなかったのだろう。本書に登場する人物たちの振る舞いは、この知見に恐ろしいほど忠実に描かれている。

人間一人がいかに正義を語ろうとも、どんなに個として善き人物であろうと努力しても、リアルな世界は残酷だ。優れた心理学者の手によって、厳然たる実験結果として、何十年も前に人間の本質は示されてしまっている。

なんという身も蓋《ふた》もないことを書くのだ、人間はもっと温かいものであるはずだ、と中野のことを糾弾したくなる気持ちになる読者も少なくないかもしれない。しかし、だとしたらそれは私の筆力が足りないのだと思う。当代きっての売れっ子作家・山田悠介の手にかかれば、この冷厳なデータがユニークで読み応えのある小説という形に生まれ変わる。

普通は、きれいごとでは済まされないリアリティの世界など、見たくないものだ。人間は、そこから目をそらそうとするのが常だろう。

しかし、人間の残酷さを余すことなく表現してなお、山田さんの作品は多くのファンに支持を得ている。特に10代に人気と聞く。なるほどなあと納得するのは、10代の脳の特性に大人と違う一面があるからだ。

実験心理学的な知見では、不安は、それを押し隠してしまうほど増大するという性質があるとされている。

大人の脳でもそうなのだが、特に10代の脳では不安をより大きく感じやすい。これは、10代の脳では不安を大人と違った形で処理しているためだということがわかっている。大人の脳では生じた不安を減弱させるシステムが出来上がっているが、10代ではなんとそのシステムが大人とは逆の働きをしているのだ。

つまり、10代の脳で不安が生じればそれはより大きく、より強くなっていくように回路が組まれている。そうして spontaneous に生じて大きくなっていく不安を、自分ではどうすることもできないのが10代の特徴といえる。

前述のように、不安は押し隠してしまうほど増大する性質を持つ。お前の気のせいだよ、そんなことを不安に思うなんて頭がおかしい、病気じゃないのか、気にしないのが一番だ……などと言われれば言われるほど、不安は意識の下でその勢いを増してしまう。説得することが逆効果になってしまうのだ。

不安を減弱させるには、むしろそれを言語化し、吐露し、不安があることを認知することが効果を持つ、という実験がある。

大人はもう忘れてしまっているかもしれないが、ティーンの頃は毎日のように胸がざわつくような気持ちにさらされていたはずだ。何とも言えず落ち着かない、よく考えても何が原因なのかわからない、快と不快が綯《な》い交ぜの、不安定な状態の脳。

こんなときには、安っぽい慰めの「名言」が並んだ白々しい本が役に立たないことを読者はよく知っているのだろう。ティーンにとっては、不安を掻《か》き立てる残酷なリアリティを、シンプルに直線的に描き切る山田悠介の筆致は、逆説的に安心感をもたらすはずだ。

学校が楽しい人はさておき、そうでない人にとっては、学校こそが監獄実験のようなものかもしれない。スクールカーストに縛られ、このヒエラルキーを覆すのは至難の業だ。人生経験も少なく、大人の力をうまく借りられないのでは、世界を変えるのは現実的とはいえない。さらに受験や就職というタスクも同時並行で降り掛かってくる。巧まずして作られた監獄からは、2週間などという短期間で解放されることはなく、3年間、あるいは6年間、その状態は継続される。

この実験はそれでも、永遠に続くわけではない。長いように感じられても、有限の時間だ。大人になればその不安や、どうしようもない胸苦しさや、痛みもどこかへ消えてしまう。思い出そうと足掻《あが》いてもそれは積層された時間の奥深くにあって、なかなか取り出すことができなくなる。

積み重なった恨みをエネルギーにして生き延びていくのも悪くない。けれど、いつか自分はそれを忘れてしまうだろう、ということも知っておいてほしい。忘れる、という機能を自分のために使うという選択肢も、どこかに隠し持っていてほしいと思う。

この世界をどう生き延びるのか。不安要素をくっきりと描き出す山田さんの筆致に、却《かえ》って不安が解消され、勇気づけられる若い読者は多いだろう。彼の作品の中には、現実をどうやり過ごすのかという知恵が間接的に仕込まれているのも魅力といえる。

——脳科学者

この作品は二〇一三年十一月文芸社より刊行されたものです。

貴族《きぞく》と奴隷《どれい》

山田悠介《やまだゆうすけ》

平成30年4月10日　初版発行

発行人――石原正康
編集人――袖山満一子
発行所――株式会社幻冬舎
〒151-0051東京都渋谷区千駄ヶ谷4-9-7
電話　03(5411)6222(営業)
　　　03(5411)6211(編集)
　振替00120-8-767643
印刷・製本―中央精版印刷株式会社
装丁者――高橋雅之

幻冬舎文庫

ISBN978-4-344-42733-4　C0193　や-13-17

幻冬舎ホームページアドレス　http://www.gentosha.co.jp/
この本に関するご意見・ご感想をメールでお寄せいただく場合は、
comment@gentosha.co.jpまで。